江岛恋歌

奚必芳 著

江苏凤凰文艺出版社
JIANGSU PHOENIX LITERATURE AND ART PUBLISHING

图书在版编目（CIP）数据

江岛恋歌 / 奚必芳著 . -- 南京：江苏凤凰文艺出版社，2022.7
ISBN 978-7-5594-6958-8

Ⅰ . ①江… Ⅱ . ①奚… Ⅲ . ①诗集 – 中国 – 当代
Ⅳ . ① I227

中国版本图书馆 CIP 数据核字（2022）第 111805 号

江岛恋歌

奚必芳 著

出 版 人	张在健
责任编辑	王娱瑶
责任印制	刘　巍
出版发行	江苏凤凰文艺出版社
	南京市中央路 165 号，邮编：210009
网　　址	http://www.jswenyi.com
印　　刷	南京新洲印刷有限公司
开　　本	880 × 1230 毫米 1/16
印　　张	14.5
字　　数	170 千字
版　　次	2022 年 7 月第 1 版
印　　次	2022 年 7 月第 1 次印刷
书　　号	ISBN 978-7-5594-6958-8
定　　价	88.00 元

尉天池　南京师范大学资深教授、中国书法家协会顾问、江苏省书法家协会名誉主席、中国标准草书社社长。

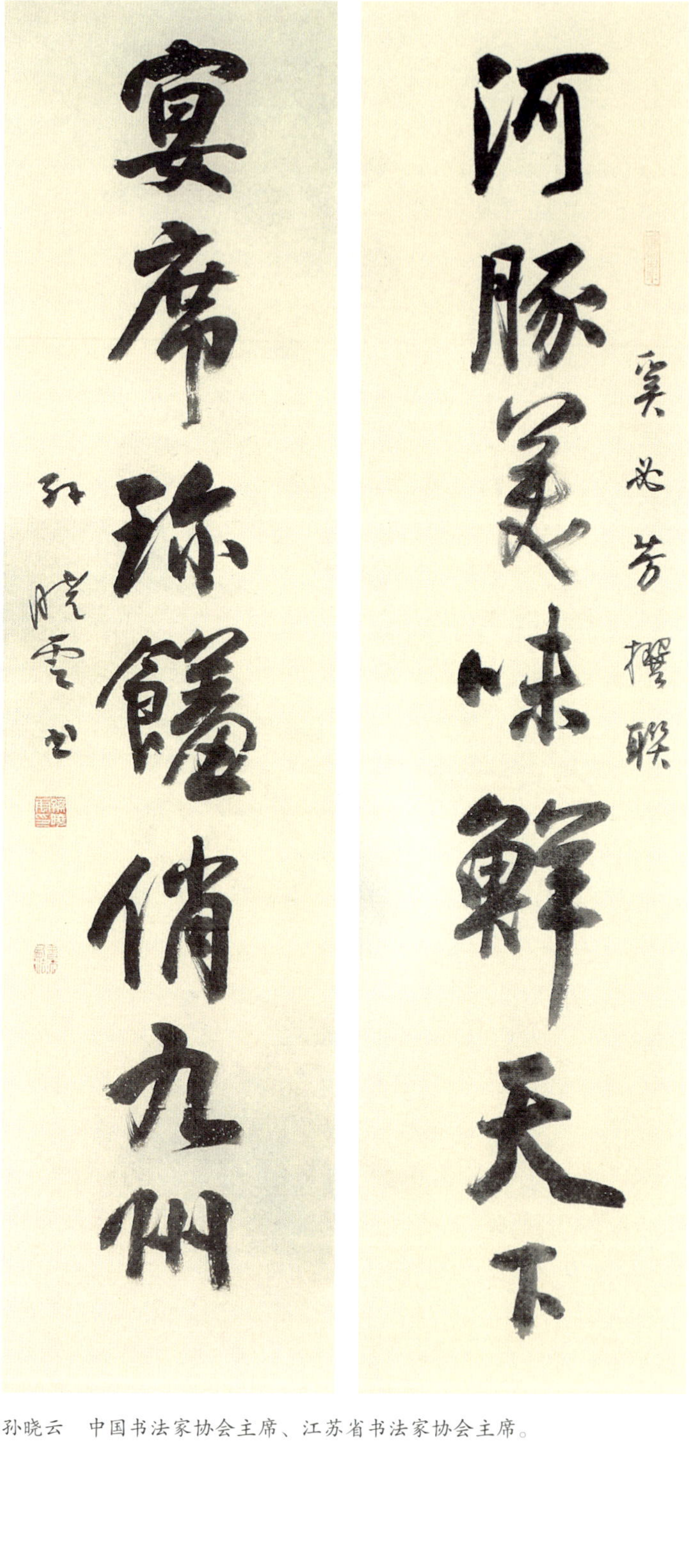

孙晓云　中国书法家协会主席、江苏省书法家协会主席。

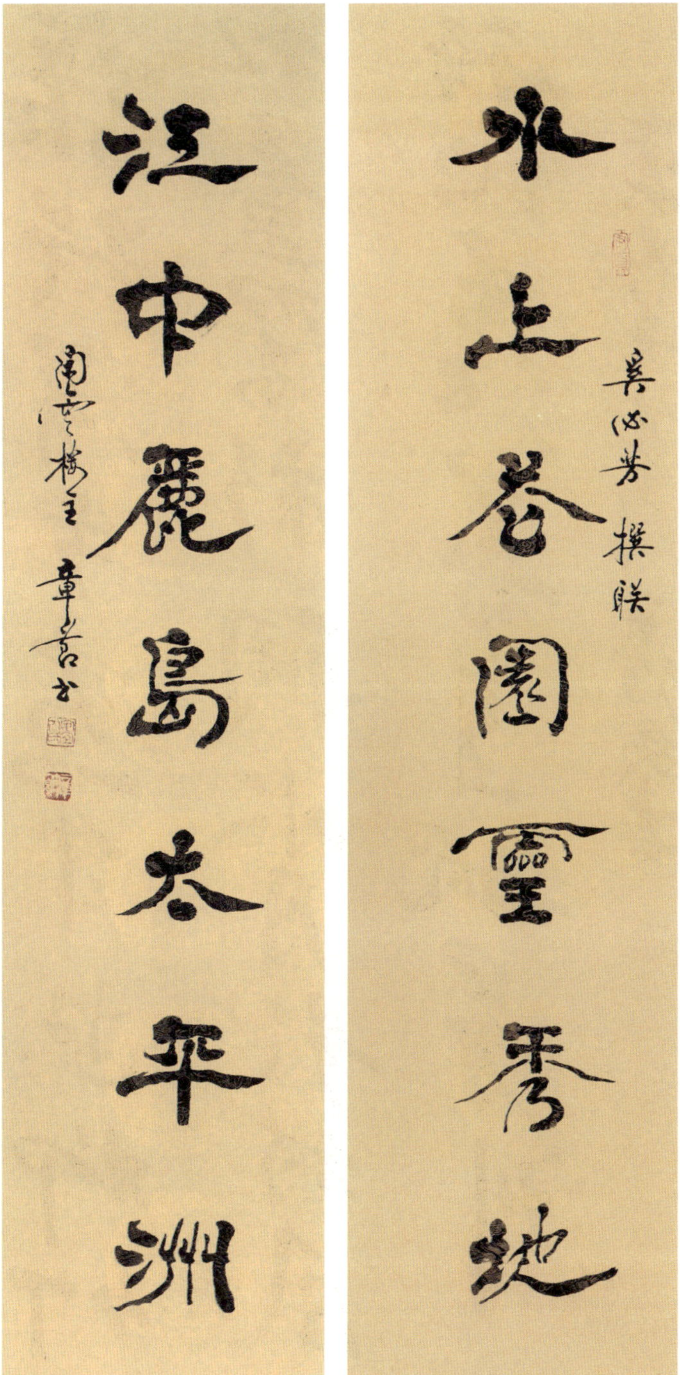

张杰（章节）　国家一级美术师，著名书法家、诗人、楹联家。

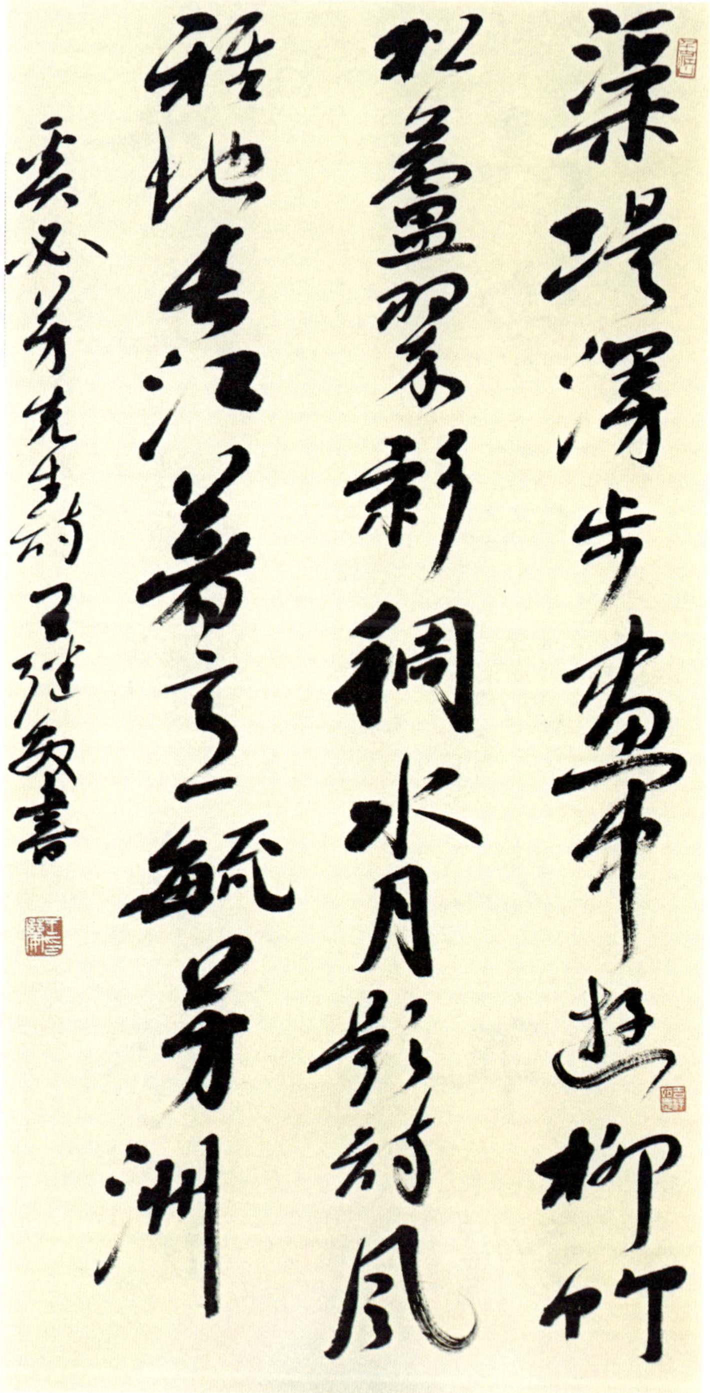

王继安　南京师范大学书法学院院长、教授、博士生导师、书法家。

落日余晖——摄影：佘扬秋

园博鸟瞰——摄影：祝红卫

乡村一隅——摄影：吉战顺

中秋园博——摄影：陈文

长寿村美景——摄影：朱秋华

东方之珠——摄影：周建国

滨江海市蜃楼——摄影：鄂启桂

扬中三桥全景——摄影：吉战顺

一桥飞架——摄影：陈文

陈履生博物馆掠影——摄影：方志飞

辉映——摄影：陈文

春天里的崛起——摄影：吉战顺

滨江公园——摄影：祝红卫

温馨漫步——摄影：徐霞

丰收——摄影：陈文

水韵乡村——摄影：诸培培

春到扬中——摄影：王镇容

万紫千红新治村——摄影：王镇容

醉美扬中——摄影：陈文

目　录

序言

水润芳洲

诗意芳洲

活力芳洲

美味芳洲

一部清吟献故乡

蒋定之

省级机关退休干部奚必芳同志，原是省公安厅交通管理局副局长，曾做过教师、杂志社记者编辑、报纸主编。他是一位德才兼备的专家学者型干部，热爱学习，博览群书，勤奋写作，文字功底深厚，发表了不少学术论文、诗歌文学作品，并结集出版了多部学术专著和文学著作。现为中华诗词学会会员，中国楹联学会会员，江苏省诗词协会会员。

《江岛恋歌》诗集，是必芳同志在江苏凤凰文艺出版社出版楹联集和《紫砂吟》诗集之后，正式出版的第三部文学著作。这是他满怀爱祖国、爱家乡的赤子之情和新时代、新生活的真切感受，饱蘸深情笔墨和热忱心血，虔诚而郑重地捧献给美丽家乡扬中的一曲优雅动人的恋歌和赞歌。是诗人挖掘地方特色文化，反映人民群众追求、崇尚的清新自然、绿色生态、文明富裕的诗意生活所取得的可喜成果。

美丽富饶的芳洲绿岛扬中市，是江苏省辖县级市。全市由雷公岛、太平洲、西沙、中心沙四个江岛组成，总面积约 331 平方公里，人口 31 万多,素有“鱼米之乡”“江中明珠”的美称,是远近闻名的“电气岛”“光伏岛”，全国百强县市，国家卫生城市，国家生态城市，国家园林城市，国家环保模范城市。新中国成立后尤其是改革开放以来，扬中市在经济建设、科教文卫建设、城乡建设等各方面，都取得了长足的发展和进步。扬中市的自然风光美景、城乡建设风貌、历史人文底蕴和民俗风情风韵，都为诗人作家提供了鲜活的创作素材。

从这部诗集选材的范围和角度，可以看出必芳同志对家乡的观察了解和吟咏礼赞，是独具匠心慧眼和厚意深情的。大千世界，可以作为诗词创作题材和素材的事物非常之多。诗人词家都可以根据自己的感触和喜好独立自主地去选取题材和素材。无论是抒情述志、记人叙事，还是写景咏物，首先都有个取材的视野和角度问题。一个人着眼点的远近高低，直接取决于自己的世界观和人生观，也直接影响着作品的社会价值和历史价值。必芳同志是个具有家国情怀和使命担当的人，从其《前言》《后记》中可以看到他为家乡创作这部诗集的意图和主旨，原来他是要感恩家乡，报答家乡，实践家父“你在省城工作，要为家乡做点事儿”的嘱托，用诗的语言“向家乡表达真挚的爱和无限的思恋”。

《江岛恋歌》包括《水润芳洲》《诗意芳洲》等四大篇章，收录《水润芳洲》《诗画扬中》《扬中清韵》等 230 多题 400 余首诗。内容丰富，主题鲜明，突出了以爱国主义为核心的民族精神和以改革创新为核心的时代精神。作者紧跟时代，贴近生活，服务人民，反映现实生活，“挥毫饱蘸长江水，抒写城乡壮丽诗”，倡扬彰显了真善美的主旋律和正能量。作者眼界开阔、胸襟开阔、思路开阔、笔路开阔，无论是写景咏物，抒情言志，还是记人叙事，说理表意；无论是对宇宙、世界、自然的观察，还是对历史、社会、人生的思考；无论是对美好事物、人物的讴歌赞颂，还是对社会不良现象的讽刺批评等，作者心中、笔底都有一个权衡的尺度和原则，能够把个人的感情波澜融汇于时代民族大众的感情海洋中奔流激荡。正因为“小我”中有“大我”，所以心雄气正、势壮情豪，写出来的作品底蕴厚重，格调高雅，意境优美，积极向上，温暖人心，能让读者产生联想与共鸣，引人深思回味。起到了传递真情、凝聚力量、激励斗志、鼓舞精神、提振士气的作用。

从作品的体裁、格律等形式方面，可以看出作者对传统诗词艺术下过苦功硬功，进行过系统的学习研究和长期的探索训练。能够遵照押韵平仄对仗的格律要求熟练地创作格律诗。从书中的佳篇锦句中，可以看出作者诗词艺术赋、比、兴创作手法，形象思维、意境的营造，比喻、夸张、比拟、象征等修辞手法的运用，炼字炼句、诗眼的打造和诗味韵味的提炼，起承转合谋篇布局的本领等等，都十分娴熟。一些组诗、长诗，规模宏大，一组诗多达十多首，一首长诗多达数十行，从中可见作者的笔力和才力深厚雄强。

扬中市也是我曾工作和生活过的地方，品读必芳同志这部诗集，特别感到亲切自然，惬意怡情，赏心悦目。他的诗富有真情实感，语言生动形象，清新流畅，大而不空，华而有实，雅俗共赏，诗情画意，韵味无穷。可以肯定的是，作者诗词创作已经取得了丰硕的成果。他的诗作在思想性、艺术性、人民性和时代性方面都达到了一定的高度、深度和广度。可圈可点、可钦可佩。

中华民族自古就是一个诗的民族，是以诗歌为精神家园的民族。诗是中国文化的核心和灵魂。诗可以“兴、观、群、怨”，可以“经夫妇、成孝敬、美教化、移风俗”，可以“感天地、动鬼神”。古人言，“腹有诗书气自华”。习近平总书记也指出:“学诗可以情飞扬,志高昂,人灵秀。”江苏自古以来就是我国经济繁荣、文化发达的地区，文风兴盛，人才辈出,流派纷呈,诗词文化基础得天独厚。江苏是文化大省,也是诗词大省,正在建设文化强省。诗词创作、研究工作，对推进江苏文化建设具有重要意义。自古以来，江苏诗词创作在海内外都有广泛影响，历史上有许多名家巨作，当下已经形成了诗词创作的高原。今后，要在做好普及工作的同时，着力在高原上培育更多的高峰。我们要树立精品意识，努力创作出无愧于党和祖国、无愧于时代和人民的精品佳作。精品力作，是一个时代文化繁荣发展的根本标志。诚望包括奚必芳同志在内的所有诗人词家，紧跟时代，深入生活，担当起诗人的历史使命，积极探索，勤奋耕耘，努力创造出无愧于伟大祖国和辉煌时代的精品佳作，为弘扬民族优秀文化、促进社会主义文化大发展大繁荣，建设文化强国作出积极的贡献。

（作者系江苏省诗词协会会长）

挥毫饱蘸长江水，抒写城乡壮丽诗

——奚必芳诗集《江岛恋歌》序

丁芒

《江岛恋歌》是奚必芳同志专门讴歌赞颂家乡扬中的一本诗集。这本诗集的出版很有意义：从个人而言，是他退而不休、辛勤耕耘、在传统诗词创作方面又一丰硕成果的展示，是他满怀感恩报恩的赤子之心和家国情怀献给家乡的文化厚礼，是他多年来“要为家乡做点事儿”这个心愿的付诸现实。从诗词文学界而言，则是贯彻落实习近平文艺思想，坚持以人民为中心的创作主旨，紧跟时代，深入生活，歌颂人民，积极进行主题创作实践的成功范例，其探索创新精神难能可贵，许多可取可喜的特色和经验值得诗人作家学习和借鉴。

诗文化是中国文化的基因和灵魂。中国文化自《诗经》以来，便具有诗性的特质。诗性思维，诗性智慧，诗性文化，渗透到中国社会的各个方面。无数诗人作家为之呕心沥血，奋斗终生，尝尽甘苦，无怨无悔。诗是诗人生命存在的价值和意义的体现，不朽的诗作正是诗人精神的延续和灵魂的升华。必芳同志为人憨厚朴实、正直善良、感情丰富，有思想、有学问、有智慧、有志趣。他有文人的气质、风度和风骨，恭谨真诚，谦和低调，淡定从容，不卑不亢。他有深厚的学养，崇尚高雅文化，饱读诗书，文化底蕴丰厚；传承中华民族优秀文化，具有家国情怀和使命担当精神；倡导真善美的主旋律和正能量。他的退休生活是平实、充实而优雅、高雅的诗意生活，民族传统文化的精神滋养润涵着他的人生诗意旅程和诗歌文学创作，使得他的诗作在现实生活提炼和感情思想的熔铸中，浸润着古今正人君子、仁人志士、圣贤明哲的思想智慧和道德理念，闪耀着文化和哲理的光辉。

唐代大诗人白居易《与元九书》云："文章合为时而著，歌诗合为事而作。""感人心者，莫先乎情，莫始乎言，莫切乎声，莫深乎义。诗者，根情、苗言、华声、实义。"奚必芳的诗正是为时为事而作，为家乡人民而抒情、书写的。虽然他在1978年就离开家乡了，但是家乡在他心中永远是"灵秀地""太平洲""美芳洲""鱼米之乡""江中明珠"。退休后的几年里，作者三分之一的时间都沉浸在家乡的老街、新城，大港、小河，公园、湿地，林丛、果园，花圃、农庄，饭馆、酒店，农家小院、现代厂企和文化场所……尽阅风土人情。"自有春风挥彩笔，携光织锦九州新。""挥毫饱蘸长江水，抒写城乡壮丽诗。"不断积累素材与歌吟，累计写了400多首集中以扬中市的城乡风貌、风景、风光、风俗、风情、风味、风物为主体内容的诗作。既是主题创作，也是系列性规模化的创作。其中有大量组诗，如：《农民心语十二首》《扬中礼赞十首》《雷公岛秋八首》《扬中人十首》《新坝镇见闻十首》《观景随想八首》《乡村企业家七首》《农民大地艺术家六首》《春之声六首》《扬中秋六首》《江边行吟六首》《田园小景六首》等。长诗也不少，如《扬中清韵》《田园绿梦》等。很见气魄和功力。

综观诗作，体裁多样，内容丰富，主题鲜明，意境优美，语言清新，音韵流畅，是反映真情实意、善心美意和诗情画意的真诗好诗。概而论之，主要有以下几点特色：

一、真情实意，精诚感人。

必芳的诗大都情挚言真，直抒性灵。他对人心人性的关怀了解细致入微，对人生社会纷繁事物有自己独到的体悟。例如，反映亲情的《忆母亲》："四方美味皆尝过，惟母亲烧饭菜香。"《忆父长鱼丝炒韭菜》："父炒鳝丝加韭菜，鲜香永驻我心房。"反映母校情、老师情和同学情的《回母校新坝中学》之二的檐廊漫步："檐廊漫步忆同窗，数载身心品墨香。短暂迷茫师指点，未曾虚度好时光。"《水果糖》："同学关心情似海，甘甜入骨到天荒。"

二、诗情画意，优美动人。

必芳的诗大多构筑于特定时空，写景抒情与议论相结合，高屋建瓴，举重若轻，大气磅礴，波澜壮阔。对自然山水风景和人文民俗风情，都能用心去体会和感悟，并能通过诗的语言艺术，形象、含蓄、象征、理趣地表现出来，不仅富于意境和诗情画意，而且富有历史感和哲理意味，给人以精神感染、智慧启迪和审美享受。例如，《三茅镇北江边景》之一："地展诗篇芳甸里，天开画卷大江边。"《扬中礼赞十首》之一："青圻碧甸展空幽，翠苑芳林鸟唱酬。水上花园灵秀地，江中丽岛太平洲。"《新坝镇见闻》："丽景繁花风泼彩，华天沃野地生金。""溢彩田园风景画，自然调色染新图。"《油菜花田》："诗意田园铺画卷，天公泼彩醉文心。"《江洲四季景之秋》："霜染村郊换丽装，流光溢彩绿添黄。禾田稻熟翻金浪，白藕红菱水带香。"《春之声六首》之一："嫣然一笑花儿醉，优雅迷人在画中。"《题葛家禛园四首》之四："静夜邀星常对话，清晨与鸟共谈天。"《滨江湿地公园》之三："飞舟鸟语云烟里，欲与江涛共远航。"《长寿园古银杏树》："天地精华凝铁骨，敢挑风雨是英豪。"《江堤颂二首》之一："洪波激浪常冲洗，硬骨丹心早有防。静夜遥看星灿烂，清晨细品梦芬芳。"

三、章法合律，曲折多姿。

诗的内结构，即章法，起承转合，有因依照应和传承衔接。我曾以打排球一二三传手的关系喻之。七绝第三句如二传手，托球至网前，尾句则似三传手，一捶定乾坤制胜。必芳似亦谙此道，举其二例，《赠友人四首》之四："整日无休耕读忙，粗茶淡饭饱饥肠。住房虽小藏天下，三尺床边品墨香。"《读〈大江清韵〉》之四："闲情底事寄华章，岁月留痕字几行。珍惜流光文脉续，如今更要富诗囊。"

四、口语入诗，清新流畅。

当代旧体诗坛，泥古不化，习以古涩奥僻语言为美为雅而自炫其博者，大有人在，我不以为然。必芳之诗，语言流畅，平白易懂，甚契吾意。

他崇古、博古、学古而不泥古。他的作品有传统，有典故，有底蕴，有内容、有文彩。主题鲜明，深入浅出，雅俗共赏。他在选材立意、谋篇布局、语法修辞和活用典故方面，匠心独运，游刃有余，角度分寸掌握的恰到好处。熟谙比兴手法，生动形象，有蕴涵，有寄托。同时注意炼字炼句，集中佳篇锦句很多，不胜枚举。例如，《贺新坝入全国百强乡镇》："敢立潮头冲浪去，胸怀远志铸辉煌。"《城乡管见》："勤劳喜把春光种，阔步前行道自宽。"《"我送亲人过大江"雕塑前清吟》："壮丽江山开画卷，英雄辈出国家强。"《农民大地艺术家》之四："大地生金霜染色，乡村逸韵更流芳。"《大全集团》之一："长啸一声豪气壮，枝头已是百花开。"《周仔大酒店砧肉》："多少浮华成过往，家乡味道在心田。"《白汁河豚》："妙手烹熬西子乳，香浓至美润诗肠。"《重走村头小路》："对月清欢无别事，灵魂拷问未沾尘。"《与月红、海林、春敏同游散记之三》："平安是福人同享，快乐如仙我自由。"

五、思想鲜明，语多警策。

他爱憎分明，嫉恶如仇，对社会不良现象和反面事物，敢于抵制和斗争，并以犀利辛辣的笔墨进行揭露批判和讽刺批评。例如：《不接地气的镇干部》："从未地头种植禾，跟人协唱顺风歌。蜻蜓点水浮光影，怎有秋云入砚磨。"《村官被查》："经年蚁食毁全村，利欲当先脑发昏。天下奇闻真不少，三瓜两枣卖灵魂。"又如《墙头草》："缝里生存争雨露，随风摆动献殷情。生来喜在墙头长，处位虽高骨软轻。"《喂养的流浪猫》："体硕毛丰睡眼蒙，众人喂养变爬虫。几声嗲叫风情卖，已废当年捉鼠功。"《乌鸦》："枝上乌鸦叫不停，自鸣得意是歌星。词单曲俗真聒噪，试问凭何笑百灵。"《一棵大树倒了有感三首》之二："行车大道一青桐，叶茂枝繁长势丰。突遇强风腰折断，缘由腐蚀腹中空。"后面这几首咏物诗，采用比兴、比喻、拟人和象征的手法，生动形象，含蓄蕴藉，富有哲理，给人以启迪、教育和警示作用。

总之，这是一部思想性、艺术性、时代性相结合，有感想、见性灵、多纯情的诗集，是作者的赤子心声和处世感悟，也是作者人生智慧和艺术创造的结晶。其人生道德意识、价值观念乃至审美意识、思维能度，均随之得到升华，可喜可贺！我真诚为之击节赞赏。祝愿必芳同志继续勤奋学习，辛勤创作，百尺竿头，更进一步，为弘扬民族优秀传统文化，繁荣诗词文学创作，取得更多的成果，作出更大的贡献。

（作者系著名诗人作家、诗论诗评家，中华诗词学会顾问，中华诗词研究院顾问）

故乡情

故乡在我心中是什么？是一幅春雨江南、草木葱茏、生机勃发、清新雅致的丹青水墨画；是一首莺歌燕舞、蛙鸣鸟唱、水土流芳、韵味无穷的田园诗；是一座迎潮头、遏浪头、牵云水、呼日月、富灵性的美芳洲；是因河豚鱼闻名中外，盛产鱼虾、刀勺唱吟、妙手生香、挑逗天下人味蕾的鳞鲜文化地。

“清圻碧甸展空幽，翠苑芳林鸟唱稠。水上花园灵秀地，江中丽岛太平洲。”这是我的故乡扬中市，因四面环江、地处扬子江中而得名。全市由雷公岛、太平洲、西沙、中心沙四个江岛组成，总面积约 331 平方公里，人口 31 万多，素有“鱼米之乡”“江中明珠”的美称。我的家乡有两多：一是水多，有长江水域面积 88 平方公里，在 243 平方公里的内陆面积中水域面积占 10% 以上，河港纵横，格田成方，与江相通，村头见水，堤眺长江。尤其是这几年的铁腕治水，使扬中境内的大港小河，又呈“岸边观绿水，河底映蓝天”的醉美水乡；二是绿多，全市林木覆盖率达 35%，是全国林木覆盖率的 2.5 倍，人均绿化面积达 8 平方米。走进扬中花木扶疏，遍地皆绿。特别是 2003 年以来，政府投入巨资修筑全长 120 公里的环岛堤顶公路，不仅是防洪大堤，更是一条绿色长廊。堤外江滩广植杨树、柳树、芦苇、杞柳，与江水相依相随，形成“和风淡雾独清幽，湿地青芦舞鹭鸥。绿色滩涂千万亩，绵延耸秀绕洲头”的画卷之美；置身其间，又有“韵带清风吻额头”的惬意之爽。

扬中的美，美在乡村。这么多年来，扬中坚持和谐与小康并举，生态与发展并行，大力开展绿色村庄、绿色社区、绿色厂企、绿色家庭、绿色庭院建设。处处是：“和风丝柳荡清波，月季梅花簇绿萝”“可在溪观鱼戏草，亦听树鸟在谈天”。归田园居，梦里水乡，无愧于“国家卫生城市”“国家生态城市”“国家环保模范城”的称号。

扬中的美，美在人文。“江水天生融血液，穿云破雾竞风流”“生花妙手惊天下，水毓灵根脑海中”。扬中人占江水之利，也得江水之灵气。如果将长江比喻为一个人，到扬中境内江面宽广，水流平缓，恰是中年，已没了少年的稚气，青年的躁气，却多了一份沉稳、大气、责任和担当。扬中人弄潮头、博浪头、随形赋物、坚韧不拔、不事张扬、内敛等等，正是亲江近水养成的性格，典型的是扬中供销员经济形成的“四千四万”精神。即:“踏遍千山万水，走进千家万户，说尽千言万语，吃尽千辛万苦”，解决了原材料和市场两头在外的大难题，为扬中乡镇企业崛起立下奇功，为摆脱贫困走向富裕闯出了一条新路。现在扬中每年有一万余名供销员奔走在祖国的大江南北，他们是“产品推销本领强，追风逐浪勇开荒。以诚为本赢天下，苦亦香甜富一方”的最好诠释。

扬中的美，美在产业。扬中“紧盯市场研新品，踏遍青山四海售”。智造很强，是远近闻名的“电气岛”“光伏岛”“长江制造业走廊”。其中电气领域更是中国最大工程电器原料市场，并被授予“中国电器名城”。制造业强带动了经济和其他各业的发展。2020 年全市居民人均可支配收入 49143.8 元，位列中国县级全面小康指数第 8 位、全国百强县市第 64 位。

扬中的美，美在鳞鲜文化。优越的地理位置和水资源，使扬中成为“长江三鲜”（河豚、刀鱼、鲥鱼）最佳产地，也孕育了独特的鳞鲜文化。扬中成洲之时，到这里谋生的先民以捕鱼为主，不同的民风民俗和饮食文化在这里交流融合，以江鱼为主材的江鲜菜历经数百年组合得以升华，形成了独特的烹饪文化和技法，扬中也成为“中国江鲜菜之乡”。“河港通江水质优，鱼虾妙品占鳌头。河豚美味鲜天下，宴席珍馐俏九州。”河豚菜肴鲜美，历来被世人所爱。在扬中河豚烧法多种多样：有红烧、白汁；有河豚焐秧草、河豚烩茼蒿、河豚烧竹笋、河豚小火锅；还有河豚斑子烧扁豆、河豚全席等。这些菜品“道尽鱼虾美馔鲜”，闻之则“垂涎欲滴摄灵魂”。在扬中会烧河豚的人很多，其中注册河豚烹饪大师就有几十人。当然民间高手就更多，各怀技法，各有特色，真是“炊烟一缕农家绕”，“香引宾朋与洞仙”。从 2004 年起，扬中举办以推介河豚菜肴为主要内容的“中国扬中江鲜美食文化节”，美食搭台，经济唱戏。一年一度的美食节，成为推介第一、第二、第三产业发展，提升扬中知名度和美誉度的盛大节日。当前长江禁捕，但由于科技的发展，名贵华鳞仿生养殖取得成功并形成规模。现在不仅办节期间，食客、游客、社会贤达、商企负责人蜂拥而至，平时到扬中品尝养殖的“长江三鲜”的人也络绎不绝。“风和雨润绿葱茏，画里乡村水产丰。天下鳞鲜文化地，河豚美味在扬中。”随着经济的发展，人民生活水平的提高，乡村旅游的兴起，江鲜文化将越来越繁荣，必将成为扬中发展的一张亮丽名片。

虽然我离开家乡已 40 多年了，但家乡的一草一木、一沟一河，金色稻浪、白色江鸥，春天的马兰、竹笋、河豚，秋天的豆果、莲藕和螃蟹，像长江水一样溶入了我的血脉之中，刻在我的心里。家乡的水土滋润了我，养育了我，赋予了我智慧和力量。我无以回报，谨以《江岛恋歌》诗集表达对家乡真挚的爱和无限思恋。受限于自己的学识，对家乡的阅读、体会和理解，风土人情把握可能还不准确和深刻，也许还有些偏颇，恭请同仁们批评指正，不胜感激。最后以一首小诗结束此文:“种子生来泥土长，瓜藤结蒂靠阳光。溪流活水知来处，且把闲吟献故乡”。

奚必芳

2021 年末于秦淮河畔

第一辑

水润芳洲

扬中礼赞十首

一

青圻碧甸展空幽，翠苑芳林鸟唱酬。
水上花园灵秀地，江中丽岛太平洲。

二

俯瞰层林映画楼，金池炫彩立中流。
亲江近水多灵气，只有仙居可比俦。

三

水乡阆苑不虚名，集镇村庄绿满盈。
莫道江洲天地小，乾坤吐纳凤鸣清。

四

江甸春秋带露看，和谐社会享平安。
林花稻菽遂人愿，碧浪金波演壮观。

五

晓烟交碧沁红云，旭日东升隐月轮。
绿耸江堤千里秀，花开水岸四时春。

六

翠嶂清波淡月痕，自然造化孕灵根。
农工商贾星光灿，万里长江聚宝盆。

七

雨润风和草木滋，堆金积玉占先机。
挥毫饱蘸长江水，抒写城乡壮丽诗。

八

花木扶疏贵洁馨，披红着绿醉岚汀。
杜鹃紫燕吟春曲，水绕芳洲毓秀灵。

九

春风十里意和融，揽翠牵花韵不同。
遍野流芳莺燕舞，心灵逸乐到扬中。

十

千年浪筑绿平川，霁色华光景自然。
欲问长江何处雅，灵洲[1]独秀领清妍。

注：1 灵洲，指对水中沙洲的美称。

诗画扬中

汐潮涨落蓄平畴，历雨经风易暑秋。
玉竹青芦鹂唱脆，花庭美墅径通幽。
金黄稻穗随风摆，雪白家鹅戏水游。
醉美天然生态岛，恰如仙境馥香稠。

扬中清韵

江洲深树掩琼楼，旖旎风光眼底收。
我羡家乡春气息，绮云陪伴去清游。
连绵湿地飞鸥鹭，舟穿薄雾争先渡。
青葱滴露理晨妆，细雨如酥花满树。
早归雁阵续诗行，沃野金黄稻谷香。
霜染圩田流七彩，蟾蛙鼓唱韵悠扬。
菖蒲柳陌雅岚汀，映底灵溪照凤翎。
别墅豪华家独院，虫吟出蔓享安宁。
草木飏菁天赐景，姹紫嫣红齐弄影。
桂菊梅荷次第开，世外桃源呈美境。
堤林耸翠袅轻烟，蚌藕菱螺四季鲜。
青蜓彩蝶篱边绕，喜雀群嬉在屋前。
枫杨簇竹携芦苇，曲折延伸藏众卉。
激浪惊涛到此柔，绿色长廊真秀伟[1]。
一群麻鸭闹荷塘，莲叶掀翻笑欲狂。
霞透枝间添帅意，丹青逸品自流芳。
蹊径斜阳鸟放歌，步移赏异处妍和。
文明集镇诗笺厚，特色村庄画稿多。
生机勃发处荣滋，锦绣家园诉说奇。
谷饱鱼肥瓜满架，倾心协力铸金池。
双百蓝图富国民，艰难共克贵同频。
英明党领复兴路，圆梦中华万象新。

注：1 秀伟，指俊秀奇伟。

新坝镇[1]见闻十首

一

独特风情美誉扬，芳菲草木闪灵光。
华滋雅韵吟诗处，生态宜居水月香。

二

花香墅美子孙贤，碧野禾田鸥鹭旋。
可赏溪边鱼戏草，亦听树上鸟谈天。

三

催春化雨鸽莺鹂，修竹丛林乐不疲。
唤得风花齐努力，同心谱写太平诗。

四

智能电器立潮头，研发营销创一流。
各业和谐齐发展，百强名镇傲神州。

五

云融水色风亲竹，蝶舞花丛草木华。
一片蛙声音韵好，身心俱爽醉诗花。

注：1 新坝镇，是扬中经济发展的排头兵，是中国乡镇之星、全国文明镇、国家卫生镇、国家级特色小镇、全国百强镇。

六

丽景繁花风泼彩，华天沃野地生金。
村庄逸韵诗词赞，怎比芳姿秀锦心[1]。

七

迎风戏柳鸟欢愉，草嫩花鲜韵味殊。
溢彩田园风景画，自然调色染新图。

八

展卷奇观别有功，溪流野径醉东风。
雨荷水榭呈新意，绿色家园美不同。

九

嫩绿轻红次第开，垂枝柳叶是风裁。
花园厂企名天下，美丽乡村引凤来。

十

异态殊姿画里诗，与时俱进铸金池。
民风纯朴灵生雅，善学多思孕育奇。

注：1 锦心，指优美的文思。

扬中长江岸景

一

源头治理更严苛，种植层林请鸟歌。
厂企搬迁无死角，深情保护母亲河。

二

黄鹂织锦柳丝穿，闸口清溪堑道连。
大美长江沿岸线，花丛绿野水云牵。

三

和风淡雾独清幽，接地连天细浪流。
绿色滩涂千万亩，绵延锦绣绕洲头。

四

风振林菁腾碧浪，留连自在沐甘霖。
江堤伟岸长诗卷，展向天边会远岑。[1]

五

连绵湿地步轻移，景变千般阅尽奇。
水岸秋霜林染彩，天成逸韵鸟鸣诗。

注：1 远岑，指远处的山。

六

迎日追光逐浪船，醒鸥梳羽柳丛间。
迷蒙晓色亲江水，瑞气祥云血脉连。

七

杨树枝头宿鹭多，青芦拔节向天歌。
偶闻汽笛惊星夜，江上飞舟月卷波。

八

江水润禾胜霡霂，[1]包容万物大胸襟。
坦然面对星河换，两岸繁荣壮古今。

九

绿色长堤密柳�，悠闲野鸭乐游巡。
江平水缓调风雨，滋润田畴万木春。

十

霞艳江天芦雁翔，舟行浪击水浮光。
烟堤苇荡虫蛙唱，野菊花开静溢香。

注：1 霡霂，指雨水，喻恩泽。

江洲四季景

春

天蓝水碧柳丝长，燕剪春风绘丽章。
美食河豚撩味蕾，芦青麦壮菜花黄。

夏

莺穿绿浪织丝绸，白鹭群飞翠苇洲。
树下聆听蝉咏日，�廊叠架享清幽。

秋

霜染村郊换丽装，流光溢彩绿添黄。
禾田稻熟翻金浪，白藕红菱水带香。

冬

江滩水落见塘沟，怪状奇形美景幽。
根老残红黄叶舞，冬时雪少似清秋。

农村交通建设四首

一

清淤疏堵预先谋，集聚资财着意投。
水陆交通皆发达，车船满载畅其流。

二

开窗眺望顿生情，醉眼追寻暗自惊。
完备设施平坦路，鲜花绿树伴车行。

三

清廉政府解民忧，顺应潮流把路修。
环保灯光星夜亮，公交快捷到村头。

四

走道边坡俱卉茵，清晨鹤散[1]品烟津。
专人保洁乡村路，垃圾入箱面貌新。

注：1 鹤散，指悠然自得的样子。

平民安居

一

草木生灵喜讯多，流泉细雨汇成河。
天然宝地乾坤朗，别墅豪华盛世歌。

二

乡野如今似画图，门前跳舞尽欢愉。
平民实现安居梦，独院琼楼式样殊。

三

浅阅农家乐小康，花多景致富书房。
任凭春夏轮流去，生活无忧静品香。

四

轻摇柳竹雅芳庭，蜓舞虫鸣漾素馨。
水岸仙居何所得，人添福寿炫年轻。

扬中三宝

芦

千年湿地绿衣穿，野荡回归尚自然。
桂月风吹花絮舞，金芦一片映江天。

柳

晨曦晚雨一肩挑，习惯江滩涨落潮。
脚稳心强身骨硬，寒风凛冽不弯腰。

竹

日出鸲鹂喜弄音，行人止步也清吟。
欲寻水月和谐处，天赐江边翠竹林。

江边行吟六首

一

江岸如今着绿装，鱼蛙戏闹在荷塘。
我亲此地天然味，确是风调百草香。

二

奔流入海波涛涌，翠鸟枝头唱雅音。
霞艳舟行浮画韵，飞花万朵叩诗心。

三

伯劳布谷火斑鸠，苇絮飞扬桂灿秋。
菊蕊半开花醉美，江涛见此变宽柔。

四

柳竹云烟坐野亭，清风作枕敞心灵。
金丝鸟送千帆过，激浪敲诗我静听。

五

云闲绿耸自清悠，谷物盈香醉小楼。
沿岸风光精致美，登堤眺望大江流。

六

绿透江边众鸟迷，熙阳畅意说华滋。
风儿嫉妒掀衣角，静好如初领略奇。

金秋江边揽胜

瑟瑟秋风枝叶变，幽林染彩秀黄丹。
江边百鹭迷霞乐，水上千舟破浪欢。
湿地金芦飞絮舞，长廊绿道卧龙盘。
清香遍野菊花放，大雁鸣声在九乾。

雷公岛[1]秋八首

一

雷公岛上赏秋光，霜白枫红桂苑香。
野柳金芦风起浪，鸥鸠喜鹊鸟天堂。

二

直下惊涛遇渐安，无声化险鸟飞欢。
自然变化形成岛，天赐江心一玉盘。

三

芦抛白絮戏秋光，稻穗熙阳[2]共灿黄。
崛起江洲天地韵，周身浪吻梦同翔。

四

几米之间不见人，野花蓬草劲延伸。
浪淘水洗天生净，苇荡林中远世尘。

五

浪积潮推万亩田，绿风际会碧云天。
鸟鱼花木黄金地，陶醉其间做鹤仙。

注：1 雷公岛，原名落成洲、雷公嘴，是扬中市 4 座岛屿之一。

2 熙阳，指和煦的阳光。

六

无风也会起波澜，水上行舟怕险滩。
辽阔江天多骇浪，瑶台瑞景护平安。

七

草密林丰瑞鹤飞，池塘活水蟹虾肥。
江中小岛原生态，不尽风情满载归。

八

净地藏幽仙意境，晴空出岫偶鸣柯。[1]
鸟陪赏景观江后，可品天然美食多。

注：1 鸣柯，指树木枝条因风作响。

游新治村四首

一

门前屋后换新装，绿树成荫露滴香。
车道连通园墅美，乡村着锦续诗行。

二

如今野陌醉行人，漫道林花盖径畛。
整治村容提档次，穿鞋走过洁无尘。

三

月季玫瑰与杜蘅，芳尘散步品蛙声。
清除杂物花园建，固本培元讲卫生。

四

含烟照水处林菁，沐雨新枝绿韵萦。
百啭画眉天籁曲，花枝曼妙寄深情。

联合村景四首

一

碧水潺流绿色围，彤云依树入窗扉。
鸣蝉渐静蛙声起，鸥醉翩翩画里飞。

二

村头巷尾任徜徉，小径花飞土润芳。
草木生情多雅趣，清光丽影韵悠扬。

三

良田日暮绿油油，阡陌斜枝几碰头。
喜见萤群穿薄雾，荷香滴露月光柔。

四

竹篱石径趣幽真，燕雀翻飞倍有神。
沃野青葱香气溢，温柔碧水更亲人。

与治安村原书记田启兵观村景

信步寻芳在绿丛，和风拂柳影从容。
林深鸟静蓝天下，水浅鱼欢碧荡中。
道洁花繁行自在，田肥果硕示年丰。
一双茧手精耕地，画卷天开别样红。

长江禁捕

追潮撒网捕江鲜，不怕风高浪里颠。
保护资源行铁令，全员上岸废渔船。

城乡管见

文卫农商无短板，齐头并进勇克难。
工程电器领头雁，名片河豚成凤冠。
科教先行求富裕，家风再立铸平安。
勤劳喜把春光种，阔步前行道自宽。

江边观落叶

江秋湿地观名木，片叶飘零惹远思。
叠翠风牵摇玉影，凝荫雨沐展芳姿。
聆听小鸟安家乐，俯瞰轻舟破浪奇。
醒者何须用外力，高枝不恋顺天时。

车过星星河

车行忆旧年，不觉到村前。
已是他乡客，尤亲故地川。
平台观绿水，净底见蓝天。
鱼戏荷枝动，蛙鸣蝶舞旋。

三拦线新坝段水杉大道

昔植苗高几尺长，今高数丈汲阳光。
翠华直耸云天里，见证平民迈小康。

长旺樱花道二首

一

栽种千株在路牙，土肥干壮俏枝桠。
春和蕊浪风扬彩，盛世花飞百姓家。

二

万树飞花香径道，蜂追热闹睹芳容。
风华自在阳光下，大美无言已在胸。

万福闸

雨打风吹仍傲立，通江引水灌良田。
如今旧貌无踪影，万福闸前话变迁。

新坝大港新治段港堤

坡岸蛙居与鸟栖，人行十里不沾泥。
长流活水滋禾翠，绿树清风绕港堤。

三江营[1]观江水

一年四季利苍生，日夜兼程去远征。
至此江流分两汊，涛声断处续诗声。

扬中烈士纪念馆和烈士陵园纪念碑

志士临危勇献身，芳华亮丽灿星辰。
丰碑耸立春长在，花祭扬中可爱人。

注：1 三江营，乃三江汇合之处，是扬子江、淮河入江口处的小夹江、扬中市的太平江所共同孕育的儿子，旧时称三江口。

“我送亲人过大江”雕塑[1]前感赋

一尊雕塑美名扬，为送亲人棹桨忙。
壮丽江山开画卷，英雄辈出国家强。

观扬中长江一桥[2]有感

百姓当年有眼光，共谋发展建桥梁。
开枝散叶何能阻，岁月流金靠自强。

注：1“我送亲人过大江”是渡江文化园主题雕塑。

2 扬中长江一桥于 1992 年 5 月开工，1994 年 10 月建成通车，是一座民间集资建成的长江大桥。

太平禅寺[1]

任潮起落自心舒，冰雪加身送岁除。
肩刻风霜天下阅，江天嬗变百科书。

注：1 太平禅寺，位于扬中市三茅街道双跃村境内，前身为下东岳庙，始建于清康熙年间，距今已有 300 多年历史。

园博园四首

一　双鱼[1]戏水

傲立园中日月陪，舒怀散淡不须催。
双鱼戏水蓝天下，争说欣荣独占魁。

二　植物种类繁多

古今植物共滋蕃，恰似儒师在讲轩。
欲睹芳容随慢步，怡情益智静游园。

三　碧溪河景

和风丝柳荡清波，月季梅花簇绿萝。
芦荻丛中藏野鸭，鱼虾戏跳碧溪河。

四　河豚雕塑

憨厚尊容立绿汀，缘由百卉久生灵。
河豚雕塑成名片，静夜天空亮丽星。

注：1 双鱼，指园博园中两幢鱼形建筑。

渡江文化园[1] 栈桥九景

一　竹径通幽

清风拂面见真纯，细品蛙鸣响水村。
竹径通幽灵妙处，静心环顾阅乾坤。

二　梦泽飞鹭

放眼长堤惊变样，溪边树簇野花香。
天人合一清和景，白鹭群飞恋夕阳。

三　九曲烟柳

霁野[2] 清晨草木香，白头翁鸟乐无疆。
浮烟吻柳悄飞去，已醉诗人九曲肠。

四　塔映斜阳

江中一幅天然画，酷似孤篇立艺林。
塔映斜阳诗意境，波涛与鸟共长吟。

五　春华幽竹

新筠一片闻天籁，隐约传来破土声。
驻足聆听君子语，崇高慕远写人生。

注：1 渡江文化园，位于扬中市新坝镇栏杆桥码头，与镇江、扬州隔江相望。

2 霁野，指晴朗的原野。

六　绿杨寻幽

扶疏摇曳鸟鸣啾，一片青葱养眼眸。

层叶搭廊谁与共，绿杨牵手去寻幽。

七　无垠观江

云岫青芦伴绿荷，时闻蝉鸟树丛歌。

依循栈道悠闲走，眺望江天万里波。

八　芦花飞雪

绿荡青坡野菊黄，林丛鸟唱漫诗香。

飞舟阵雁云烟里，芦絮纷飞似雪霜。

九　林溪汩汩

风清云淡寸心宽，漫步林溪享宴安。

最是令人神往处，一湾碧水任鱼欢。

滨江湿地公园

一　翠玉缀绿洲

翠玉无瑕缀绿洲，兴来意剪请舟邮。

置身此处临仙境，韵带清风吻额头。

二　天然水植园

鸟啭何须自阜蕃，随时应景扮灵源。

番蒲芡实椟鱼草，湿地天然水植园。

三　飞舟云烟里

绿树浓荫栈道长，蒲荷苇柳满沟塘。

飞舟鸟语云烟里，欲与江涛共远航。

四　滨江电视塔

一枝独秀插云霞，终日滨江伴浪花。

雨打风吹从不倦，银屏直送万千家。

长江渔文化生态园

稀有华鳞香满川，晓知食味更加鲜。
游中乐学渔文化，亲水生灵爱自然。

城西公园

广场植绿蝶蹁跹，树影游鱼戏睡莲。
茂苑芳菲诗意境，亭台小憩润心田。

城北公园

闹市公园格外珍，休闲健体伴星晨。
一湾碧水林花绕，绿肺功能造福人。

江馨怡旅游度假区

楼台亭阁碧荷莲，草绿花香美洁鲜。
水墨丹青春雨后，犹如翡翠嵌江边。

机器插秧

穿梭不歇撒欢忙，片刻禾田着绿装。
机械插秧匀又快，巡游紫燕欲知详。

长江沿岸坚持植绿

湿地林花着意栽，沿江翠碧凤飞来。
历来智者思长远，唯有庸人恋近财。

辛丑年春节回乡见闻四首

一　利民村农家

盛世迎春画里诗，张灯结彩展新姿。
鲜红垫毯迎来客，户户门前挂国旗。

二　左邻右舍拜年

春节回乡走百家，风情嬗变渐时华。
香炉不见厅堂上，替代鲜花与果茶。

三　放烟花爆竹少了

禁鸣爆竹防污染，明理村民俱守遵。
一夜安宁辞旧岁，清晨鸟唱贺新春。

四　亲朋小聚

不同以往尚轻平，饮食新鲜与淡清。
问客挑材宜口味，家中小聚重真情。

江边即景二首

一

江潮涨满洲，苇荡遍飞鸥。
风戏芦玩水，鱼欢叶碰头。

二

风急江涛涌，轻舟不怕颠。
浪高船底过，天近雨丝牵。

第二辑
诗意芳洲

水月题诗

渠堤漫步画中游，柳竹松芦翠影稠。
水月题诗风雅地，长江着意毓芳洲。

故乡写意

城乡沁绿释含薰，水美乡村蕴丽文。
璀璨明珠生态岛，丹青逸品逊三分。

田园绿梦

扬子江中芳茂苑，风光秀洁胜仙洲。[1]
林花溢彩藏词赋，水墨流霞舞鹭鸥。
雨止田园雏燕唱，风吹岸柳碧丝抽。
遥观画境情思涌，岁月如歌往事悠。
昔日贫穷生活苦，缺衣少食户皆忧。
疏杨落叶栖鸣鸟，四面环江出渡舟。
购物还须凭票证，花钱只有靠薪酬。
勤劳节俭寻常过，遇到灾年父母愁。
冬夜惊听雷滚响，春光乍现入诗喉。
修桥筑路追求富，重教惜才聘请优。
瑞露祥花悄绽放，贤人志士勇追求。
紧盯市场研新品，踏遍青山四海邮。
沃野披红彰变化，嘉禾滴翠报丰收。
农工静好财拥聚，商贸繁荣自运筹。
秘制河豚添口福，智能电器占鳌头。
平民别墅和谐美，特色乡村逸趣幽。
神韵天生融血液，几多灵性写春秋。
知深懂浅书宏愿，借古开今有远谋。
晚浪晨潮观汛息，清溪碧玉固金瓯。
平棱磨角无声处，眺望中天创一流。

注：1 仙洲，指仙人聚居的水中陆地。

春之声六首

一

美若仙姑出绿丛，轻声慢步弄清风。
嫣然一笑花儿醉，优雅迷人在画中。

二

莺飞草长水和甘，林密溪湾袅翠岚。
剪寄扬中春一片，轻吟浅唱总清涵。

三

任意闲游过柳汀，花鲜草嫩吐芳馨。
春姑炫彩邀蜂蝶，碧绿镶金染画屏。

四

禾田燕舞柳轻扬，草木春阳正粉装。
老干新枝瓜果硕，蛙声一片麦花香。

五

青阳[1]雨后碧云游，鸭戏荷塘荡小舟。
水木清华皆入画，风花艳蕾感诗流。

六

碧柳垂丝麦长芒，河塘绿满透清凉。
撩人最是蛙鸣曲，小院藤花比酒香。

注：1 青阳，指春天。

扬中秋六首

一

至美芳洲风绘锦，温和湿润谷盈香。
层林秀彩千重韵，鸟舞虫鸣画里忙。

二

碧水蓝天草木香，平畴稻熟闪金光。
花枝笑对寒风劲，大地维新欲换装。

三

长堤鸟伴风牵手，叠韵斜枝吻额头。
欲借芦丛花少许，插瓶清供解乡愁。

四

秉性天生善猎奇，随缘始见雁归时。
香风窄路林丛里，欲探霜红第一枝。

五

金风满树挂甜橙，月朗星疏瑞气生。
片叶轻摇抛露滴，诗灯点亮品秋声。

六

露湿林花意趣悠，翻墙老蔓醉深秋。
清晖照野征鸿过，丹桂风吹吻小楼。

江堤颂二首

一

酷似长龙卧在疆，任凭雨急并风狂。
洪波激浪常冲洗，硬骨丹心早有防。
静夜遥看星灿烂，清晨细品梦芬芳。
每天日月轮流换，独守江边斗志昂。

二

青葱百里见威尊，不负苍生乐翼存。
静待潮生呼日出，常陪江水啸诗魂。

住新治村同学家二首

一

草房不见换琼楼，植绿栽红草木幽。
勤奋耕耘追愿景，鱼肥谷饱醉吟眸。[1]

二

小鸟殷情唤起床，筛帘早已透阳光。
推窗眺望流诗韵，最美从来是故乡。

注：1 吟眸，指诗人的视野。

赠友人四首

一

吟坛墨海寄深情，不畏冲泥昼夜行。
风雅九如流异彩，揉磨入理自心清。

二

江河伟岸沐晨曦，接地承天雨露滋。
古训铭心行楷正，涌珠吐玉满金池。

三

天然俊俏体丰匀，碧水长流酿雅醇。
应是江洲常眷顾，心中永驻四时春。

四

整日无休耕读忙，粗茶淡饭饱饥肠。
住房虽小藏天下，三尺床边品墨香。

兴隆镇三跃村漫游

一

青甸风传豆果香，蒹葭茂盛鸟飞翔。
林花大道车流畅，百姓安居喜气洋。

二

碧叶青枝布满墙，农家小院沐阳光。
长廊葡架新枝绿，蹊径篱边野菜香。

三

春来雨润绿田禾，日照溪中见蚌螺。
草木青葱如水沐，碧空遐远鸟欢歌。

四

晨遇游人鸟不惊，合家理羽见温情。
林丛滴露霞光艳，蟋蟀青蛙自在鸣。

西来桥景

一

行舟百转多惊险，直下飞流自本源。
天地仁心施博爱，风柔水雅丽花园。

二

听潮赏月千帆竞，露水淋衣蟋蟀鸣。
岁月如歌心底事，飞花泻玉颂昌明。

三

人行栈道绿丛延，簇集藤花静溢鲜。
雪岫林涛鸥戏浪，天生画境在江边。

四

芳甸风光意韵丰，清新雅致倍推崇。
吟诗自有涛声伴，赏景天然画境中。

小麻雀

低飞麻雀尾巴长，娶了娇妻总气娘。
母教儿歌数十首，这支经典未曾忘。
少年上学遇灾荒，草木根芽也作粮。
期盼麦苗能早熟，刚黄它啄不停忙。
人饥怎忍鸟先尝，驱赶掏窝动猎枪。
“四害”[1]成员真可恨，全民动手料难藏。
科研揭秘见真相，消灭昆虫本领强。
数载蒙冤终洗去，平心梳羽别忧伤。
时光荏苒再回乡，遥见成群入柳塘。
忆昔逮其装笼内，喂之不食宁身亡[2]。
天生个小貌平常，难比雄鹰可远翔。
却不折腰留警示，若无傲骨是空囊。

注：1 麻雀曾为“四害”之一，现“四害”为苍蝇、蚊子、老鼠、蟑螂，麻雀现在是国家二类保护动物。

2 麻雀“不食嗟来之食”。

读《大江清韵》扬中百年诗选有感

一

水乡阆苑入诗肠，言志抒情写丽章。
多少方家从未见，大江清韵永流芳。

二

江风岛景不寻常，古曲新声咏故乡。
灿烂星光同出彩，空灵毓秀韵悠扬。

三

把酒临风任夜长，晨潮晚浪马无疆。
时迁岁易诗心在，雅颂轻吟翰墨香。

四

闲情底事寄华章，岁月留痕字几行。
珍惜流光文脉续，如今更要富诗囊。

贺新坝入全国百强乡镇

葱茏草木绽奇芳，柳线花须绘锦章。
敢立潮头冲浪去，胸怀远志铸辉煌。

忆当年四首

一　队长吹哨上工

开工队长口吹哨，男女不分一样挑。
割麦插秧真正苦，满头大汗累弯腰。

二　夏夜晒场听故事

夏天夜晚乐无穷，晒场人潮月挂空。
摇扇纳凉听故事，薄荷蒲草赶蚊虫。

三　小友一块玩

小友贪玩总忘形，瓜田李下捉蜻蜓。
柳条编帽夹花戴，引得须翁笑不停。

四　夏日戏荷塘

村头屋后茂荷塘，夏日经常叶下藏。
嬉闹水中摸蚌蟹，晚烧抢食味真香。

农民大地艺术家六首

一

披星戴月乐耕犁，浇水施肥润物时。
纸是园田锄作笔，描红绘绿总相宜。

二

识雨知云懂四时，春耕夏种不宜迟。
河堤垄亩精雕刻，长出人间最美诗。

三

通今博古种桑麻，阡陌渠边植草花。
剪叶修枝双手巧，灵心毓美艺清遐。

四

花红穗实在心房，脊土肥田着丽装。
大地生金霜染色，乡村逸韵更流芳。

五

着意江堤树拽扶，栖凫近水有芦蒲。
植禾调色真高手，巧织乡村锦绣图。

六

播种施肥总认真，除虫拔草择时辰。
繁花似锦前行路，科技尊称致富神。

柳树[1]

河堤江岸乐安家，得土之灵早发芽。
只是生来亲近水，与鹂一起秀春华。

桂花[2]

自在闲田叶密稠，娇颜懿德史长流。
不跟桃李争春夏，稻熟时开共灿秋。

注：1 柳树，扬中市市树。
2 桂花，扬中市市花。

乡村日暮二首

一

霞入溪中鸟暮回，荷塘绿野沐清晖。
虫蛙劲唱音和悦，雅韵肩扛一袋归。

二

野鸟衔晖返树林，蟾蛙蟋蟀发清音。
噙香碧野云烟袅，无限真情对月吟。

扬中市诗协

花娇水秀土流芳，和煦阳光泼彩忙。
树影婆娑莺曼妙，风清月朗韵吟长。

新坝镇诗词协会

梅骨松风入紫毫，江洲艺苑领风骚。
书香墨韵芝兰雅，诗化扬中品自高。

新坝镇前进河

故道风光灿若霞，沧桑已逝尽清华。
两旁别墅林花绕，一路流芳百姓家。

栏杆桥渡船码头旧址

迁船拆渡码头空，昔载人车立大功。
旧址含情牵岁月，风光不再问归鸿。

夜观长江景偶得二首

一

漫游露水湿衣襟，又忆同窗喜笑吟。
江月不知心底事，丽秋也会醉花阴。

二

数星望月沐清晖，把握机缘各自飞。
回望江边同戏水，怎知已醉盼扶归。

乡村河道整治

着力清淤绿岸坡，村民垃圾不扔河。
雨污联治求长远，底映蓝天见蚌螺。

村头河清

村头又见小清河，蛙跳鱼虾戏草禾。
水溢清香风送远，林荫绿韵鸟声多。

麻雀群飞

群嬉稻穗迎霞返，遇到人车也不惊。
常在门前欢乐唱，和谐相处鸟多情。

市民广场

明月初升来广场，跟随节拍健身忙。
如今跳舞成时尚，百姓欢颜见世昌。

严禁焚烧秸秆

焚烧秸秆控防严，收购还田自愿签。
鸟语花香人向往，同心逐梦入诗甜。

农村过端午节

紫燕双飞麦灌浆，妇裁粽叶过端阳。
新鲜艾草门前挂，文化传承意蕴长。

石桥

身体悬空枕两头，行人便利百千秋。
任凭风雨经年袭，常见清溪自在流。

重游西沙老龙传说地——蒲草湆

一

天地神奇有未知，老龙出湆雨云施。
明知传说还追去，只是心中试解疑。

二

布雨施风博爱心，毕生意愿乐清阴。
林花叠韵新宁景，草湆藏龙自古今。

新治村丹枫翰墨园

改绿呈红似米狂，[1]伸枝展臂抱秋霜。
精挑已落丹枫叶，喜作书签墨更香。

长寿园 400 多年银杏树

牵星伴月守清操，阅遍苍穹品格高。
天地精华凝铁骨，敢挑风雨是英豪。

注：1 米狂，指宋代书法家米芾，因其疏狂不羁，故称。

三茅镇北江边景

一

藤花墅舍碧禾田，湿地林丛绿接天。
鸟立枝头听树语，蜂栖蕊上恋花仙。
桃红柳绿风添彩，笋嫩瓜香雨孕鲜。
地展诗篇芳甸里，天开画卷大江边。

二

随友江边去采风，芳郊绿野韵丰崇。
诗成欲画暂无笔，喜借云溪一抹红。

田园小景六首

一

聆听布谷亮歌喉，万亩良田畅眼眸。
绿荡清波天际外，清风牵手喜同游。

二

稻熟田畴遍地金，归林小鸟聚欢忱。
溪边树下虫蛙唱，月入清波欲探深。

三

举头眺望处华滋，绿草如茵地炫奇。
柳浪花潮金嵌玉，晴光泼彩散文诗。

四

驻足村头碧水河，村姑对岸摸青螺。
鸟蛙卖力为谁唱，绿色家园乐意歌。

五

新芽粉嫩水和甘，鱼戏尖荷在玉潭。
雨后禾田飞紫燕，风调七彩俏江南。

六

挥舞锄头正俯躬，须翁率意醉东风。
青光炫彩枝头上，沃野青黄绿紫红。

晨雾农家

清晨沃野柳风轻，浓雾私藏陌纵横。
不去耕耘佳茗煮，轻闻浅呷品蛙声。

一位退休老师的优雅生活

精制陶盆植翠微，平常早起沐晨晖。
闲时柳下听鹂唱，亦喜花溪彩蝶飞。

题葛家禛园四首

一

秦砖汉瓦连成句，竹石松梅乐字词。
溪水游鱼添妙境，清风古意是名诗。

二

亭廊小径通幽远，蜓舞莲池草木华。
惬意花园清静地，安居雅境顺和家。

三

日落厢房沐晚霞，临窗眺望景清遐。
芳兰绿桂诚邀客，月影婆娑静品茶。

四

枝繁叶茂掩鸣蝉，神木[1]珍稀寿鹤仙。
静夜邀星常对话，清晨与鸟共谈天。

注：1 神木，指降龙木，是世界珍贵的野生资源。

观景随想八首

一

鸡鸭鹅回日落西，塘荷与岸比高低。
草深盖径无中有，暗拂香风道不迷。

二

河荡春来长嫩蒲，晚秋霜重自然枯。
根深不怕风摇曳，腋下寒冬暖野凫。

三

花香蝶舞有鸣虫，豆饱鱼肥百果丰。
特色乡村多野趣，晨歌晚醉乐无穷。

四

日出层林起雾岑，经年浪击聚灵琛。
江滩苇荡藏奇妙，唯入其中探浅深。

五

蟾蛙鼓唱劲催春，江岸丛生一片筠。
远近高低差异大，夕阳分色怎能均。

六

江天辽阔浪轻颠，饮过风霜铸铁肩。
父母非神曾有过，子孙有难总冲前。

七

竹柳芦杉沐惠风，临潮品浪润无穷。
涛声艳鸟轮流唱，妙语神来腹稿中。

八

草木生来喜暖阳，古今细火酿高汤。
儒师不语心宁静，天下名花淡雅香。

游农民公园

流连小径蝶蜂飞，老蔓松�绿色围。
鸟唱虫鸣交响曲，身心漫染揣诗归。

三跃老庙

细雨丹溪雾绕松，花闲叶放自从容。
随风纵览心宁静，捧日凌云已在峰。

农家杨梅熟

绿野丛中凤报晨，黄红渐紫静无声。
农家五月杨梅熟，采摘随心更醉人。

云标枇杷园

抬头远望见田青，鸭闹河塘又柳汀。
白玉枇杷香万里，随风独上接天星。

立新村葡萄园

野外葡萄格外香，珠圆玉润任君尝。
绿廊叠架新词赋，紫气东来瑞景长。

农家竹林

秀竹风吹吻瓦檐，晴空丽日有鸣蝉。
浮华不逐平生愿，总把山川色彩添。

葛家四舍院水榭品茗

园中水榭绕荷莲，蝶舞鱼游鸟唱前。
静品茶芽廊下坐，花儿灵性竞鲜妍。

扬中中等专业学校荷池

盛夏绿荷塘，鱼蛙叶下藏。
半开花最美，人敬意深长。

一桥江边观油菜花

花开四月映天黄，雀噪蜂鸣遍野香。
游客田园心已醉，天人共绘好风光。

忆儿时雪天喂鸟人

冰天雪地树银装，老汉墙边慢撒粮。
引雀成群争啄食，凡人善举静添香。

三桥附近农家

蓝天雪岫千峰涌，一片青葱绕半城。
落日留霞奇景出，飞晖映野玉烟升。
霜林秀彩三秋意，雨夜安宁几犬声。
江甸农家多自在，幽居水岸品涛声。

桂下思亲

初心逐梦别家乡，父母门前植桂秧。
沃土幼苗成长快，深秋静月盛开忙。
枝繁叶茂千层绿，干壮花黄一院香。
睹物思亲陪伴少，华英落下泪汪汪。

参加高中毕业 40 年同学聚会感怀

同学重逢夜不眠，互相问候爱绵延。
皆留厚福成云海，并请和风寄眼前。
里短家长频出口，情真意切乐翻天。
欣逢盛喜心潮涌，旧语新词话变迁。

秋叶

嫩芽日暖渐萋迷，冷雨枯黄已不嘶。
勿用风吹悄落地，唯求体化静溶泥。
寒霜有意描金菊，瑞雪无声盖小溪。
草木兴衰非我愿，新追诗梦颂虹霓。

春游长旺乡村

乡间麦长绿田畛，甸上虫鸣大地春。
碧竹随风腾细浪，青松借雨洗浮尘。
花坛艳蕊群蜂聚，苇荡新芦众鸭亲。
紫燕双飞追梦去，阳光和煦吻行人。

鹰

雪地林涛可见君，高岩独立不成群。
头迎一日飞沧海，脚踩千峰吻白云。
暴雨和风怀大志，豪情硬汉是强军。
革新舍命犹无畏，翅展蓝天又建勋。

种好庄稼杂草无

丘墟野蔓显荒芜，伏地牵藤难尽除。
手拔锄根花力气，犁翻铲节费功夫。
看清土地新苗长，种好庄稼杂草无。
喜看良田千万亩，年丰物阜自心舒。

诗意田园

满眼生机处碧滋，荷风送暖荡金池。
江洲夕照千层韵，树鸟晨吟一首诗。
别墅花园连大道，村容镇貌展新姿。
华笺淡墨书灵劲，一荏群芳炫四时。

江边观日出

风吹薄雾渐清空，水托朝阳一片红。
采得江花千万朵，挥锄移植到心中。

第三辑

活力芳洲

扬中人十首

一

追潮搏浪自图强，天堑桥连向远方。
挥汗精耕三尺地，明珠绽彩水中央。

二

远山近水袖中藏，生态和谐智造忙。
江岛腾飞精彩处，“四千四万”[1]铸辉煌。

三

锄头且作绣花针，赋彩家园献热忱。
揽世于心知进退，潮平水阔静流深。

四

丹心一片写春秋，立石临风有远谋。
江水天生融血液，穿云破雾竞风流。

五

依江傍水久生灵，浪赶潮奔永不停。
厚积图强勤补短，随风振翅摘天星。

注：1“四千四万”即“踏遍千山万水，走进千家万户，说尽千言万语，吃尽千辛万苦”的“四千四万”精神，解决了原材料和市场两头在外的大难题，为扬中乡镇企业崛起立下奇功，为摆脱贫困走向富裕闯出了一条新路。

六

根生沃土沐清风，自有天然造化功。
随物赋形顽石化，飞花泻玉气如虹。

七

时势无常练内功，青枝玉蕊傲苍穹。
生花妙手惊天下，水毓灵根脑海中。

八

宽广胸怀纳百川，经天纬地水云牵。
狂涛激浪心宁静，阅尽江风更坦然。

九

探紫寻红上九重，心如止水妙中庸。
埋头苦干开新路，异草奇花展艳容。

十

沐雨凌霜自剪裁，鹅黄转绿总和谐。
生来喜饮长江水，总把春风揽入怀。

陈纪明、朱照明、陆建军村官心得

一

千头万绪民为本，最忌官腔与丑音。

莫搞花头求实效，才能走远得人心。

二

机缘出现不迟疑，聚力凝心倍惜时。

只要花钱刀刃上，何言百姓不支持。

三

万别千差有易难，事前要把雨霜看。

俯身接地听民意，高唱低吟路自宽。

四

常观养殖在河塘，梦里聆听麦灌浆。

善品鱼虾滋味美，亦能嚼得菜根香。

五

三更察雨到黎明，力竭身疲不领情。

天下苍生知事理，反思己过再前行。

参观扬中博物馆六首

一　徐广福等人领款条

虽已微黄却贵珍，无须注解自披陈。
数张纸片几行字，见证江洲探路人。

二　栏杆桥旧石桥

尽瘁无须问水滨，星河恭送又迎晨。
曾经走过百千次，吻石抚墩倍觉亲。

三　挑港堤

号子声中齐努力，热情似火铸奇功。
修渠引进长江水，滋润芳洲五谷丰。

四　河豚文化

烹饪华鳞盖九州，擎旗执道主沉浮。
河豚文化名天下，经历百年品更优。

五　牛耕图

晚月晨霜汗水流，期田稻菽获丰收。
黎民富逸心中愿，奉献终身食草牛。

六　笛箫与常敦明

柳岸林丛听鸟唱，吴歌逸韵尽情挑。
仗朝已过仍勤力，天地清音付笛箫。

大全集团

一

争先迈步赶春来，浪卷云飞炫舞台。
长啸一声豪气壮，枝头已是百花开。

二

群芳俏立已兼秋，雨洗新枝品更优。
破浪扬帆风正劲，江天毓秀耀神州。

三

万里长江搏浪头，风高水怒有何忧。
涛声拍岸飞花绽，蓓蕾噙香品一流。

四

雨霁溪塘袅白烟，荷枝绽蕊领清妍。
奇葩一朵香氛漫，丽句佳词写满笺。

赠新坝中学校友范廷国[1]、唐雪梅[2]等同学

一

偶遇乌云不困催，学梅傲雪夺花魁。
如禾汲露挑灯读，始信春风一定回。

二

自古生存尚自强，初秋菊蕊孕贞香。
邓公决策[3]迎机遇，遂愿村娃去远方。

注：1 范廷国：1977 年新坝中学高中毕业，南大计算机系学士，现为我国顶尖电子乐器企业——吟飞科技 CEO。

2 唐雪梅：1979 年新坝中学高中毕业，中医学博士，现为南京中医药大学教授。

3 邓公决策：指邓小平决定 1977 年恢复高考。

回母校新坝中学

一　观旧址

师留警语礼堂前，我托时光刻木椽。
校已搬迁观旧址，亲墙吻柱忆当年。

二　檐廊漫步

檐廊漫步忆同窗，数载身心品墨香。
短暂迷茫师指点，未曾虚度好时光。

三　忆老校长和高中语文老师

课程主辅一肩挑，干旱禾田把水浇。
校长斐然[1]真博学，大师风范是恩尧。[2]

四　校门前的路

雨润花开凤长翎，求知若渴正年轻。
莘莘学子前行路，不畏冲泥去摘星。

注：1 斐然：杨斐然，长期为扬中县中校长，“文革”晚期调任新坝中学校长，后又任扬中县中校长至退休。

2 恩尧：曹恩尧，高中语文老师，后调南京晓庄学院教中文，任教务长，全国优秀人民教师。

陈履生博物馆[1]

一

畅游艺海多惊叹，巷尾街头众颂吟。
美丽乡村添雅韵，塔尖峰顶有知音。

二

甘当反哺林中鸟，故土临江建宝池。
沃野星空天更亮，滋禾雨露正逢时。

三

鸿儒敬业艺流芳，一片丹心在馆藏。
书画古玩稀罕物，平生至宝献家乡。

四

园中绿韵展天资，漱玉牵拥翠竹篱。
净土和风花蕊艳，晨曦晚露沐新枝。

注：1 陈履生，我国著名美术家、美术评论家、美术史家和博物馆专家。陈履生博物馆坐落于扬中新坝镇新治村，由新坝镇人民政府与陈履生合作共建，包括陈履生美术馆、汉文化博物馆、竹器博物馆。

陈履生汉文化博物馆

馆藏实物千年宝，集玉含英众所钦。
瓦兽门楣皆博大，油灯水罐俱精深。
蓑衣石刻非常雅，竹椅砖雕格外珍。
驻足详观多启迪，遗音逸响吐金箴。

陈履生竹器博物馆

一应齐全喜博临，时光穿越见筠心。
万千竹器情悠远，君子胸怀纳古今。

中国电器博物馆

穿过时空建宝池，选优择件费心思。
图文实物催人进，不负前贤续写奇。

中国职业装博物馆

服饰千秋同聚会，心裁意剪制云裳。
古今对话心观照，独领风骚职业装。

文心雕龙艺术馆录珍

一

似水流年物唱吟，遥听岁月发清音。
斯文实录珍藏馆，片纸千金贵有心。

二

市志民风独爱专，东奔西走欲寻全。
图文满屋铭功绩，慧眼琴心证大千。

三

文心缜密世人钦，追溯风情肯掷金。
物刻当年风雨润，回眸鉴古更知今。

四

低头缓慢掸浮尘，星夜清晨辨假真。
发现诸多稀有物，典藏历史有心人。

油灯博物馆二首

一

静品古今千百盏，梦回更夜做生儒。
油灯照亮前行路，孕育传奇世界殊。

二

光明默送史留芳，我却求全指硬伤。
如影随形灯下黑，从来不会自消亡。

中国民间民族乐器博物馆

泉流不息汇成河，百啭黄鹂唱赞歌。
多少磬筝齐聚此，中华瑰宝雅奇多。

农民心语十二首

一

期盼光阴孕育奇，怎能遂愿只天知。
自然生长虽常道，除草施肥应及时。

二

小鸭浮游母是师，树经寒冷长新皮。
庭松特有天姿韵，端赖园丁妙剪枝。

三

风起青萍孕契机，花丛探蕊觅珍稀。
霜浓菊艳秋光灿，落叶知冬早备衣。

四

植禾有距郁葱葱，太密凋衰患病虫。
足够空间存朗月，剪除枝蔓透清风。

五

风雨无常道聚淤，清除待日暂安居。
平时喧闹难寻静，宅在家中好读书。

六

芍药流芳展异姿，娇颜粉嫩雨晴时。
名花不语凡尘脱，静下心来可悟知。

七

少劳怎可要同酬，不肯拖犁是懒牛。
天下成功无近路，多流汗水地丰收。

八

禾田麦倒收成减，反省还须越地圻[1]。
已逝春光回不去，埋头实干夺先机。

九

竹润花鲜美不同，吟风弄月意和融。
空谈总误庄稼地，唯有勤耕五谷丰。

十

春暖秋凉各有长，时花应景吐芬芳。
栖枝小鸟低吟唱，立石雄鹰视远方。

十一

村农脊土乐耕耘，喜获丰收自效芹[2]。
正午枝头蝉劲唱，秤砣不语定千斤。

十二

偶遇天灾草木枯，参加比赛有赢输。
铭心教训弥珍贵，走过深泥惜坦途。

注：1 地圻，即地垠，指大地的边际、界限。
　　2 效芹，犹献芹，自谦贡献微薄。

乡村企业家七首

一

不甘落入世风中，择径攀峰别样红。
朗日云轻防下雨，勤攻己短傲长空。

二

勤管禾田可灿秋，防虫灌溉预先谋。
俯身吃尽千般苦，遇险逢强仰起头。

三

为防水患理沟淤，杂草刚生动手锄。
地利天时人奋进，蚁勤啃骨补才疏。

四

江村日暖每天新，不懈园丁织翠茵。
遥远距离言到做，贤人负重达同频。

五

栖鸟回林意未央，临霞聚唱启诗肠。
心灵活水源希望，接地葵花永向阳。

六

阅过高峰总静思，行吟撷趣酿新词。
甘于处下生奇效，明媚阳光果满枝。

七

儒师内敛不张扬，化险为夷有锦囊。

静水深流行致远，花开别样漫天香。

一个农技员的治虫感悟三首

一

不请纷来百姓憎，田头谁与护青藤？
伴禾生长难消灭，天下无虫不可能。

二

人虫世纪攻防战，峻岭山丘到谷田。
短暂消停明复始，自然物竞胜从前。

三

燕子春回夏有蝉，金秋菊艳物冬眠。
禾生虫害人防治，彼此同存顺自然。

油菜花田

花开大地嵌黄金，蝴蝶翩飞鸟唱吟。
诗意田园铺画卷，天公泼彩醉文心。

一簇新篁

追风破土立高标，沐浴阳光互赶超。
初出修篁经历浅，风霜饮后慢弯腰。

墙头草

缝里生存争雨露，随风摆动献殷情。
生来喜在墙头长，处位虽高骨软轻。

浇水

施肥浇水近优先，受限经常漏远田。
期盼禾苗同样长，均沾霖露不哀天。

蜘蛛布网

篱间屋后织回阡，形似筛盘别有天。
蛾蝶蚊蝇飞误入，生擒猎物软丝缠。

夏日家禽树下纳凉

酷暑家禽也异常，浓荫树下享清凉。
乌鸦就怕言其黑，欲学奸人洗白藏。

虫蛙唱

眺望溪湾长满荷，鹂飞柳下似穿梭。
虫蛙卖力晨昏唱，犁地青牛语不多。

乌鸦

枝上乌鸦叫不停，自鸣得意是歌星。
词单曲俗真聒噪，试问凭何笑百灵。

兄弟莫成仇

牡丹芍药向阳花，海北天南育丽葩。
一样乡田沾雨露，同存不必是冤家。

农家果熟

经春过夏汲阳光，果熟枝头静溢香。
滴水成河持久汇，时间积淀福流长。

爬山虎

根须伏壁勇攀登，乐在砖墙布绿藤。
腹有航标希望在，人生也要亮心灯。

小鸟唤黎明

生来个小喜林菁，追日惊天乐践行。
黑暗之中先觉醒，枝头昂首唤黎明。

老柳怀中长异株

村头水岸渲新图，老柳怀中长异株。
虽有生机枝叶嫩，无须日久自然枯。

喂养的流浪猫

体硕毛丰睡眼蒙，众人喂养变爬虫。
几声嗲叫风情卖，已废当年捉鼠功。

引栽的名花死了

盲目移栽外地花，精心照料烂根芽。
禾田物事循规律，地利天时育丽葩。

饱穗常弯腰

鸟唱枝头韵味长，篱边菊绽紫红黄。
随心放眼禾田里，饱穗弯腰秕谷昂。

一棵大树倒了有感三首

一

形如巨伞向天擎，叶动清晨滴露英。
外表光鲜心已烂，轰然倒下世人惊。

二

行车大道一青桐，叶茂枝繁长势丰。
突遇强风腰折断，缘由腐蚀腹中空。

三

沃野平川广沐恩，初成叶密匿虫痕。
齐腰折断才知道，已是从心烂到根。

与月红、海林、春敏同游散记

一

万木林中秀一枝，春华秋实不拼迟。
已无琐事心头绕，正是人生静好时。

二

归零以后不言愁，古迹新城任意游。
山水怡情天黑缓，寻春探鸟柳枝头。

三

霜到鸣蝉树不留，浮华放下度金秋。
平安是福人同享，快乐如仙我自由。

四

千山万别不同峰，选择攀登觅影踪。
懂你人中常散步，同频共振意从容。

表哥田厚富

年少离乡去远方，游江过海阅沧桑。
人生已历千般路，风雨来临更显强。

已亥夏抗洪

外堤水位树身高，为保平安重担挑。
责任到人查管涌，江边昼夜党旗飘。

不接地气的镇干部

从未地头种植禾，跟人协唱顺风歌。
蜻蜓点水浮光影，怎有秋云入砚磨。

看落叶

离枝别鸟在霜晨，优雅翻飞落径畛。
贴近根须接地气，亲风沐雨静归真。

新安村家训

顺应天时广沐恩，风中傲立在于根。
长春翠柏阳光路，美德家风励后昆。

红联村法制长廊

尖芽嫩叶报春头，防堵清淤早理沟。
法制长廊扬正气，涓流浸润太平洲。

村官被查

经年蚁食毁全村，利欲当先脑发昏。
天下奇闻真不少，三瓜两枣卖灵魂。

春夏孕秋

粮丰果硕灿江洲，手捧鲜花吸眼球。
谷熟禾田非一日，春风夏雨孕金秋。

老鼠抬轿肥猫坐

月挂枝头夜未阑，林阴暗处见奇观。
鼠抬轿子肥猫坐，此景疑从画里看。

新坝民俗文化节

乡土风情竞唱吟，村民自演发清音。
富而不忘传文脉，民俗精华贯古今。

西来桥龙狮节

美好时光百姓知，敲锣打鼓挂红旗。
每逢佳节龙狮出，狂舞惊天动地诗。

王步高教授藏书楼

无论名城与竹村，文心纸片录乾坤。
家园植树遮风雨，住所藏书育子孙。

梓阳园

花香水静白云闲，道友同行胜似仙。
竹雅林丰贤毕至，吟诗作赋梓阳园。

红光柳器厂旧厂房

今日空闲旧厂房，曾经柳器外销忙。
反思莫问谁之过，期待名牌再起航。

扬中交警

科技智能高效率，巡逻保畅敢争先。
肩挑雨雪危中立，清道惊夫百姓安。

大桥卡口

晴空黑夜与霜晨，扼守桥头慧眼神。
各种嫌疑逃不过，江洲四季护门人。

扬中市公安局新坝派出所

穿街入户多流汗，了解民情眼界宽。
不忘初心勤固本，忠诚铸剑护平安。

新坝老街

旧屋新楼恰近邻，老街故里觅前因。
保存此角留回味，游子流连亦觉亲。

新坝治安村接待大厅

窗明几净令人钦，态度谦和暖意深。
办事依规详细解，风清气正得民心。

新治村养老院

小康社会福连天，饱暖承欢度晚年。
孤寡病残村养老，专人护理乐开颜。

扬子柳编

灵心妙手千奇塑，鸟果藤花竞斗妍。
扬子柳编工艺品，美观实用贵天然。

致乡贤二首

一

种子天生泥土长，瓜藤结蒂靠阳光。
溪流活水知来处，乐意回乡赋彩忙。

二

虽说离开已久长，幼时沃土沐春光。
风中挺拔根基厚，果硕花鲜献故乡。

致供销员

产品推销本领强，追风逐浪勇开荒。
以诚为本赢天下，苦亦香甜富一方。

重走村头小路

曾经早晚走蹊畛，阅历来回顺路人。
对月清欢无别事，灵魂拷问未沾尘。

母校梧桐树

挺拔梧桐引凤歌，临霜傲雪耸云柯。
曾经搏过皆无悔，有憾人生故事多。

絮舞咏怀

芦絮飞扬接晚霞，弯溪野岸艳篱花。
如烟往事随风去，喜爱田园种豆瓜。

回乡遇梅雨天

梅天落泪串成丝，不尽清愁蓄满池。
久在红尘心已静，梧桐细雨读名诗。

赞乡村老伯

整日辛劳在水村，霜须白发令人尊。
勤耕自食缘何事，坐吃山空愧子孙。

马伟民

一心铸剑夜无眠，护佑中华组合拳。
登上高峰思更远，遨游瀚海水云牵。

包信和

风吹雨洗去浮尘，逐日追光向上伸。
一片林中高大树，绿荫聚鸟唤清晨。

施正荣[1]

励志攻关重担挑，前沿傲立国人骄。
投身实业先行者，光伏滥觞酿海潮。

徐广福

一片痴心逐梦香，潮奔浪涌也无妨。
供销经济先行者，大道留痕入史章。

注：1“中国光伏之父”施正荣，开光伏之滥觞。

陆朝银

蛙鸣鸟静满天星，淡月清晖沐柳汀。
江水奔流天地远，光而不耀散芳馨。

曹恩尧

霜浓菊蕊醉清晨，穗饱弯腰倍觉亲。
贵在心平云水淡，甘为雨夜掌灯人。

吴金宝

月下梅林亲傲骨，枫红雁去菊知音。
幽兰翠竹真君子，永溢清香雅士心。

顾明社

耘春播夏灿金秋，剪绿裁红织锦绸。
赋里芳洲情趣雅，芝兰品格入清流。

郭廉俊

书法园中任畅游，唐风汉韵尽情收。
挥毫落墨天然趣，九曲溪湾碧水流。

仲纪华

夜栖小径读云层，头枕清风利欲扔。
凡事留余施博爱，一生修戒学贤能。

张加华

破雪凌霜真傲骨，清香四溢醉诗花。
隆冬绽蕊愈加艳，俏不争春比玉华。

徐强

阡陌篱边汗水流，花鲜果硕满枝头。
江流日夜从无悔，雨露阳光一并收。

郭克生[1]

走村串户解民忧，率众同书大地秋。
妙在清风心永驻，丰碑汗铸立田畴。

常敦明

大千在握远纷争，花甲回乡再启程。
独有真情民乐制，长鸣国粹笛箫声。

注：1 郭克生，全国劳动模范，长期在农村从事党政工作。

耿月新

妙手灵心织锦茵，指尖舞动众人亲。
名声远播云天外，竹艺瑶编耿月新。

孙建国

林溪小歇慰心田，叠翠听风忆校园。
同学情深堪作范，春光不老付诗笺。

张海林高纪珍贤伉俪

相同志趣结良缘，琴瑟和谐不慕仙。
俱是园丁施教泽，培桃育李灿蓝天。

文桂章

起床总会望天空，倾听潮声水上风。
常在船头同喜乐，渔民疾苦记心中。

夏春敏

临池墨水深千尺，艺道追求味睟清。[1]
笔底风云扬正气，行间字里见真情。

郭春红

迎春绽放一枝红，沃土根深底蕴丰。
天下奇峰勤博览，常留妙语在诗中。

注：1 睟清，指纯净、清澈。

蔡娟女士

桃园柳岸碧荷田，鸟唱溪流漫白烟。
一片祥云仙集此，幽娟宝地大江边。

第四辑

美味芳洲

扬中河豚四首

一

河港通江水质优，鱼虾妙品占鳌头。
河豚美味鲜天下，宴席珍馐俏九州。

二

风和雨润绿葱茏，画里乡村水产丰。
天下鳞鲜文化地，河豚美味在扬中。

三

水月风情孕至鲜，最佳品鉴在明前。
炊烟一缕农家绕，满院弥香韵满天。

四

香引宾朋与洞仙，文心烹饪入华筵。
红烧白汁风靡市，恰似名花斗彩妍。

赞扬中河豚文化节二首

一

长江万里独风光，清淡肥鲜任品尝。
办节迎来中外客，河豚经济著华章。

二

风情万种沁心脾，至美鱼鲜天下知。
献艺厨师刀铲舞，河豚一尾写传奇。

咸秧草二首

一

雁去枫红长陌田，静观雪化入清川。
农家妙制成名产，美味佳肴誉满笺。

二

叶落遥观万树凉，惟君嫩绿乐秋霜。
生来俱有梅花品，大雪纷飞瑞草香。

扬中菜粥

扁豆花生自产粮，灵心小火煮时长。
平常一碗农家粥，忆起童年泪满眶。

南湖农场吴氏寿肠 [1]

大师土灶制肥肠，宴飨宾朋一抢光。
妙得千年吴氏艺，南湖品鉴古今香。

注：1 吴氏寿肠，洗、烧传于《西游记》作者吴承恩祖法。2010 年获江苏省乡村美食大赛金奖。

春满源大酒店杂鱼毛豆

此菜为珍出贵乡，精挑细选食材良。
贤人雅集迷滋味，慢品闲吟一袋香。

扬中三里香饭店美女主厨盐水河虾

钟情美味梦魂牵，水性虾情仔细研。
美女厨师高境界，纯真本色味天然。

周仔大酒店砧肉

手工砧肉旧时圆，肉嫩皮酥糯软鲜。
多少浮华成过往，家乡味道在心田。

朝阳湖老母鸡汤

农家散养绿长廊，炖煨提鲜暖胃肠。
情景交融挑味蕾，时光不老母鸡汤。

华府楼戴伟螺蛳炒韭菜

相聚欢欣酒自斟，甘馐四碟见真忱。
螺蛳韭菜儿时味，血脉中流记忆深。

金色港湾大酒店笋尖焖蛋

笋尖焖蛋艺心烹，始在春天好饭羹。
今日重尝回味久，耳边响起母亲声。

宝红烧饼店苋菜烧饼

主材自产雁来红[1]，辅料平常手上功。
厚薄均匀如玉润，浅尝一口味无穷。

鲫鱼烧羊肉[2]

圈内称他是食仙，甘珍待客忆先贤。
鱼羊搭配惊天下，自古谁人不说鲜。

注：1 雁来红，苋菜的别称。

2 好友严江平，能烧菜，擅品尝。早年冬天回乡相见，他在家用野鲫鱼烧羊肉招待我们几人。这道菜吃得我们交口称赞。

儿时喝自家酿的米酒

无钱买酒家中酿，除夕开怀品玉浆。
初一拜年呼不起，醒来口舌尽醇香。

同学[1]情深

提前门口早恭迎，老友重逢唤乳名。
请客家中无别味，鸡汤水饺见真情。

注：1 同学，指董月红、孙立权、张海林同学。2015年8月退休后回乡，三位同学在立权家楼下相迎并款待，深为感动。

享食建国同学刀鱼馄饨[1]

常忆蛙声不让蝉，清风带路到江边。
馄饨一碗刀鱼馅，不尽情思已满船。

注：1 高中同学孙建国，住长江边。知我想食刀鱼馄饨，春天专门包好放在冰箱里，待我回乡享食。

参加同学乡友聚餐有感

一

驾车百里踏归程，又忆当年说笑声。
江水回头潮有信，随缘小聚享人生。

二

乡友经常聚一堂，轻松自在话家长。
无须攀比求丰盛，席散唯留特色香。

三

常有奇葩出故操，[1] 专门找茬欲单挑。
逞强拼酒非豪杰，小酌怡情格调高。

四

面对诸多美馔珍，胃肠牙口不饶人。
肥甘厚味休贪嘴，食尚文明可养生。

注：1 故操，指旧先、原先的做法。

蒸水糕[1]

蓝天碧水绿村庄，乡土风情永发扬。
百姓家中逢喜事，蒸糕祈福颂安祥。

红烧河豚

汤汁浓稠肉嫩香，滑柔温润色微黄。
祖传秘制成经典，此技农家最擅长。

注：1“糕”与“高”同音，有“高升”“高中”的寓意，因此小小水糕里便寄托了民众对美好生活的热情和企盼，水糕蒸煮时越涨越高。扬中人家有喜事，逢年过节时都会备一些，给孩子和宾客品尝。其实这是扬中的一种饮食和喜庆文化。

白汁河豚

名师展艺在厨房，几缕炊烟袅水乡。
妙手烹熬西子乳，香浓至美润诗肠。

听渔翁谈食经

刀鱼鼻子河豚嘴，白汁花鲢首选头。
天下珍馐灵性在，知其部位食风流。

扬中魅力有条鱼

珍馐水产享高誉，品质优良载史书。
独特香邀天下客，扬中魅力有条鱼。

春在故乡农家乐

蚌鲜笋嫩好时光，地产时蔬入馔长。
美味传扬天际外，民间菜品上金堂。[1]

注：1 金堂，金饰的堂屋，指神仙居处；亦指华丽宏伟之堂。

忆母亲

远道他乡食蟹黄，京城老店品羹汤。
四方美味皆尝过，惟母亲烧饭菜香。

读《扬中21味》[1]感赋

一

烟雨江南水产多，鱼虾蚌蟹藕菱螺。
田园风味香飘远，引得文人写食歌。

二

天下名贤总醉吟，见书耳畔绕余音。
家乡味道何能比，流在血中刻在心。

三

诸多美味在村庄，妙笔生花走四方。
特色佳肴谁不爱，书中忆旧欲还乡。

四

蔬菜河鲜入胃肠，真材秘制小厨娘。
无需作料添加味，水土留芳食健康。

五

大师厨艺世流芳，经典传承入丽章。
静读幽思疑问起，不知是否旧时香。

注：1《扬中21味》是一部扬中江洲文学社社员撰写的饮食文集，其中收录了21味、28篇文章，写出了对故乡扬中的款款深情，对扬中菜肴和面点的赞美。

红烧青鱼划水[1]

划水红烧怎敢求，鲜香肉嫩汁浓稠。
学兄偶见遂其愿，笑对江天雅意留。

注：1 数年前，与学兄刘纪明相遇，邀去小饭馆吃红烧青鱼划水并聊至深夜，至今香味还在嘴中。

江之源养殖场

一

花繁树茂鹭鸥闲，生态和谐别有天。
万亩江滩成丽景，风光览后品鱼鲜。

二

菖蒲苇荡天然景，绿树丛中百鸟飞。
稀有华鳞难得见，流连日暮不思归。

三

天下珍馐溯史长，仿生养殖大文章。
科研助力前行路，名贵鳞游聚坝塘。

四

深浅皆知技一流，循环利用更称牛。
天然植物除污妙，水净鱼虾品质优。

答友人

大碗时蔬喜品尝，客人皆问产何方。
风和雨润阳光足，水土流金我故乡。

周长顺：河豚全席

探谷寻源阅百川，以身试毒苦钻研。
灵心妙饪河豚宴，极尽鱼虾美馔鲜。

长兴楼饭店：河豚斑子烧扁豆

河豚食尚追求变，顺应天时立厚坤。
嫩仔高秋烧扁豆，垂涎欲滴摄心魂。

大不同饭店：河豚小火锅

食材配料俱优良，天下人来饮口汤。
水沸锅中豚肉涮，细尝慢品韵萦肠。

仪禾大酒店：河豚烧竹笋

绿透江南多美馔，时蔬水产醉灵均。[1]
河豚竹笋神来配，绝味交融梦里春。

白玉兰大酒店：河豚焐秧草

一到厨房笑语真，看汤察色巧添薪。
豚香漫溢融秧草，风味佳肴宴上宾。

注：1 灵均，一是指战国时期楚国文学家屈原字；二是泛指词章之士。

春天的美味

绿满溪塘柳影长，鸭鹅戏闹鸟惊翔。
马兰竹笋天然味，秧草河豚百里香。

如仙老翁

老翁水荡钓鱼虾，顺手堤边摘韭芽。
日暮归来盐水煮，月陪浅酌自清遐。

文明用餐

篱边菊蕾已霜侵，喧闹晨林择雅音。
分餐倡导新食尚，文明节俭更安心。

刀鱼

白体修长出玉川，鳞肥肉嫩自来鲜。
名厨任熟清尝后，口齿留香到翌年。

馓子丝瓜螃蟹汤

父亲过节下厨房，白汁红烧乐意忙。
馓子丝瓜螃蟹肉，梦中回味最鲜汤。

长江大酒店食扬中菜圆有感

静观很久忆童年，春节才能享菜圆。
百姓嫌粘今少吃，文明饮食淡新鲜。

渔夫火烤乌龟[1]

皮裤齐腰在浅塘，乌龟火烤暖饥肠。
偶然遇到清尝肉，自带油盐确实香。

姑母精制鱼汤面[2]

蛋清揉面见嘉良，精制鱼汤配菜秧。
瓷碗盛装香气溢，如今忆起味绵长。

注：1 冬天渔夫捉到乌龟，在河边架柴烤后充饥。当时年少，向其要一块食之。正如老人所说，乌龟自带油盐，无须作料，吃得很香，至今难以忘怀。

2 1978 年秋到外地读书，向姑母辞行，她精心准备了一碗手擀鱼汤面为我送行。姑母做面非常讲究，鱼汤用四五种野生杂鱼熬制并滤去渣滓，将下熟的面条放入其中。鸡毛菜在沸水中一滚捞起作盖头，盐和胡椒粉自加。色香味俱全，是不可多得的美食。

咏箸二首

一

微黄竹箸尺余长，可把佳肴送舌床。
总是随人挑夹菜，何能自主尽情尝。

二

淑贞[1]咏箸有诗文，赞美言辞颂此君。
不语时尝天下菜，食仙也要逊三分。

注：1淑贞，指朱淑贞，宋代著名女词人，曾作《咏箸》诗。

周长顺[1]

江风雨露静融泥，越岭攀峰乐不疲。
三尺锅台厨艺展，籽肝去毒化神奇。

蒋开和[2]

亲近河塘爱自然，锅勺技艺写新篇。
风情物态心中悟，白汁河豚立顶巅。

注：1 周长顺，特级河豚烹饪师，一是他通过挖掘整理民间河豚菜式近 50 种，组成了 10 多款不同风味的河豚全席，填补了中国宴席的一个空白；二是科学地对河豚进行无毒化处理，使其所有部位都能食用，成为独家专利。

2 蒋开和，特级河豚烹饪大师，擅长白汁河豚。

孔庆璞[1]

血脉之中有浪涛，鱼鲜入馔领风骚。
因材把控时温准，本色天香境界高。

李传耀[2]

晨风暮霭汲甘霖，手握刀勺竞唱吟。
味美形佳精释道，只缘依旧少年心。

注：1 孔庆璞，资深注册中国烹饪大师，中国河豚烹饪大师。他制作的河豚焐秧草是江苏省非遗保护项目——扬中食俗重要菜品之一。

2 李传耀，仪禾大酒店厨师。2015 年扬中“首届河豚厨王”争霸中夺冠，擅制“河豚烧竹笋”。

王世平[1]

水煮油煎技艺精，平民雅士俱钟情。
鳞鲜文化传承者，妙手生香固守清。

陆长军[2]

振翅蓝天领雁群，锅勺激战统三军。
知情懂性真高手，越过峰峦入白云。

注：1 王世平，中国烹饪大师。
2 陆长军，扬中河豚烹饪大师。

忆冬日邻居老伯小酌菜：毛豆鱼冻

时近隆冬柳卸妆，暮回鸟雀放歌狂。
须翁摆桌邀邻坐，毛豆鱼冻小酌香。

水果糖[1]

病愈出院面肌黄，悄给三颗水果糖。
同学关心情似海，甘甜入骨到天荒。

注：1 小学二年级得阑尾炎住院治疗后回校，同桌给我三颗水果糖，在那物质极度匮乏的年代是大礼。说实话，在那时水果糖我听过未尝过，至今刻骨铭心。同桌父亲在上海工作，家境较好，可惜英年早逝。

农民夸自种的蔬菜

风雨阳光叶里藏，晨星晚月沐清霜。
大棚蔬菜何能比，贵在天然自古芳。

忆父长鱼丝炒韭菜

经常垂钓到河塘，傍晚回来鱼半筐。
父炒鳝丝加韭菜，鲜香永驻我心房。

同学聚会新见四首

一　使用公筷

相交半百见真情，偶聚闲谈食淡清。
接受时风除陋习，例行公筷倡文明。

二　选择环境

小聚时兴择地方，避开闹市到村庄。
鱼虾果菜原生态，浅酌长聊到夜央。

三　适宜口味

如今已是自由身，聚是交流莫较真。
由客随心挑选菜，适宜口味胜琼珍。

四　笑对夹菜

餐桌同窗又激昂，热心夹菜让多尝。
起身推却真诚谢，笑对深情问短长。

后记

讴歌家乡的诗集《江岛恋歌》近日付梓了，不知是否能告慰父亲的在天之灵。

父亲离开我们已三十多年了，在世时他老人家曾不止一次地对我说过："你在省城工作，要为家乡做点事儿。"父亲出身贫寒，识字不多，但是个明白人。我深知这句话的含义。

2017 年也就是退休后的第三年，我学会了写古体诗，并陆续发表了一些，便萌发了利用自己的这一特色为家乡做点事儿的想法。为此，这几年我有三分之一时间都鹤散在家乡的老街、新城，大港、小河，公园、文博馆，湿地、林丛，果园、花圃，农家小院和现代厂企，当然也有特色饭店和农庄。尽阅风土人情，观看发展变化，细品华鳞菜鲜，不断积累素材与歌吟，偶尔在诗刊上发表几首，现计有 400 余首结集成册，我想在天堂的父亲也应高兴了。

此诗集能在三年多时间成册，也得益于章节老师。他不仅将我领入诗联之门，扶上马送一程，还是我的"心灯"。老师已风雅九如，却推磨入细，笔耕不辍，是"自有春风挥彩笔，携光织锦九州新"。我每次去看他，总是优雅地读着新作给我听，这是无形的鼓舞与鞭策，我不敢有半点怠慢。尉天池、孙晓云、王继安、我的老师章节四位大师欣然题对联和书诗，为此书增色添光，深表感谢。当然他们的墨宝，我不敢私存，将捐给家乡。也算是为家乡做点事吧。扬中市文联主席方泽华和郭兄廉俊为我提供了大量照片史实和人文资料，夏兄春敏经常驾车为我提供方便，在此一并感谢。

家乡在我心中永远是“灵秀地”“太平洲”“翠玉盘”“美芳洲”，家乡人是“锄头且作绣花针，赋彩家园献热忱。揽世于心知进退，潮平水阔静流深。”我 1978 年就离开家乡了，但“江水天生融血液”，愿尽自己的微薄之力为家乡多做点事儿，像家乡的市花一样，“不跟桃李争春夏，稻熟时开共灿秋”。

奚必芳

2021 年末于秦淮河畔